我有
很多心事
The secret of
my heart
要
告诉你

呢喃的火花 著

北京联合出版公司
Beijing United Publishing Co.,Ltd.

图书在版编目（CIP）数据

我有很多心事要告诉你 / 呢喃的火花著. — 北京：北京联合出版公司，2016.1

ISBN 978-7-5502-6596-7

Ⅰ．①我… Ⅱ．①呢… Ⅲ．①故事－作品集－中国－当代 Ⅳ．①I247.8

中国版本图书馆CIP数据核字(2015)第266888号

我有很多心事要告诉你

出版统筹：新华先锋
责任编辑：徐秀琴
策划编辑：张　斌
封面设计：郑金将
版式设计：杨祎妹
封面绘图：韩一杰

北京联合出版公司出版
（北京市西城区德外大街83号楼9层　100088）
北京鹏润伟业印刷有限公司印刷　新华书店经销
字数125千字　620毫米×889毫米　1/16　16印张
2016年1月第1版　2016年1月第1次印刷
ISBN 978-7-5502-6596-7
定价：36.00元

目录

CONTENTS

我 有 很 多 心 事 要 告 诉 你

少年们的屋顶

做一只寂静森林里的大象，

只是安全感，

无关于体积的，无关于力量的。

每个人都有自己的脆弱，

即便掩藏起来，

也有被射中的一刻。

因为包括你自己，

都在觊觎着那些美。

关于青春，关于年少，关于爱。

1

亮子在大四的时候还是被退学了。

那天我去帮他收拾东西，他坐在阳台上抽了一根烟，他突然跟我说在离开前准备把刘柳叫过来给办了。

刘柳是蓝天的同班同学，一直都喜欢亮子，但是亮子不喜欢她。

亮子是个说干就干的人，他说完这句话就给刘柳打了个电话，刘柳就过来了。

刘柳过来后，他让我和蓝天先出去，晚上他再打电话找我们一起去学生街的酒吧喝酒。

蓝天走的时候恶狠狠地把门给甩上了，也不搭理我，径自走了。

2

我和亮子同年级，我中文，他传播。在学生街上打"97拳皇"的时候认识的，我们整整单挑了一个下午最后也就打成平局，严格说来，最后那盘他的八神庵用葵花三段打死我的草薙京的时候也就剩下一滴血，所以我们就共同分享着"学生街街机王"的称号。蓝天比我们低两届，美术系。他和亮子是从小一起长大的玩伴，也是我们学校有名的天才少年，十七岁考上了大学。最为人所熟知的是他的叛逆性格。他妈妈是我们学校音乐学院的博士生导师，一个异常古板的女人。

蓝天十五岁就成了我们现在这个乐队的主唱。亮子是理所当然的吉他手，他自己号称是我们这个城市里的第一快手。这个乐队也是亮子一手组建出来的，我很喜欢之前的那个键盘，莫莫，音乐学院，也是亮子的前女友。我是这个乐队的鼓手。贝司是小杰，独立学院的富家子弟。

摇滚在这个时代早已经过时了。现在大家只喜欢电视选秀，听含糊不清或者软绵绵的歌。我们几乎没有什么演出，最多去某个学校的迎新晚会串串场，搞搞假高潮。

大多数情况下，我们都只是自己玩。场地名义上是我们几个人一起租的废厂房，实际上都是小杰出的钱，不过他来的时候最少，他只喜欢开他那改装过的越野车带不同的女朋友出去玩。搞乐队对他来说只是个比较过瘾又可以增加在女孩子面前炫耀的资本而已。

本来我们也没什么野心。应该说，整个乐队里有摇滚理想的就亮子和蓝天两个人，他们一开始也就对我们这些人没什么指望。

或者他们曾经对莫莫有过指望。

3

亮子被开除也就意味着我们这个乐队的正式解散，他自己倒觉得没什么，因为这样他就可以早点带着他的摇滚梦去北京闯荡了。他已经这样号叫了好几年。但是近来我们都认为他做那么多会被学校开除的事主要是为了去北京找莫莫。蓝天说过，亮子要是去了北京还真的去找莫莫，他们两个就绝交。

我想，可能为了让蓝天不担心自己是个为情所困的人，所以在离开之前，亮子决定把刘柳给办了。当然，也可能只是我想太多。

刘柳算得上是我们乐队的铁杆粉丝，也是唯一的。我们每次演出或者排练她都会风雨无阻地出现，而且她的声音甚至可以盖过那些破烂音响，或者这和她以前当着足球队的啦啦队队长有关。自从她和足球队队长分手后她就没去啦啦队了，可能是为了不埋没她的这种天分，她就跑过来对着我们宣泄她的高分贝了，

然后她就爱上了亮子。

可惜亮子不爱她，他只是在要离开的时候想把她叫过来给办了，算是给这个城市留下一点纪念。因此蓝天很生气。刘柳是他的同学，表面上疯疯癫癫又爱憎分明的女生，很有自己的性格，在得知自己被足球队队长劈腿之后，当着数百观众的面，大大方方地走到正在和外校踢比赛的场地中间的他的面前，甩了他一巴掌，然后又大大方方地走了。蓝天很欣赏她。

蓝天只欣赏过三个女人。

一个是他妈妈。

一个是莫莫。

一个就是刘柳。

亮子现在要把刘柳给办了，刘柳也真的就过来了。蓝天很生气，直接甩门走了。

4

我和蓝天都不接亮子的电话。我也觉得这次他做得太过分了。看来他真的是存心要把身边所有的朋友都得罪完了才好甘心离开。

蓝天是我见过的最大的酒鬼，而且他都是喝威士忌，我常怀疑他老把自己当成生活在英国街头，穿着一件风衣，手里拿着一瓶威士忌，边走边喝，喝高了就随便在哪个墙角坐下。

他和我说，他喝醉酒后就会做同一个奇怪的梦。在梦里他所认识的每个人都在不停地盖着一栋属于自己的房子，每个人都孤独地坐在自己的屋顶上。谁的房子盖得越高，谁就越孤独。他说，他看到阿杰和莫莫都已经盖完了他们的房子，整天坐在屋顶上发呆了，只有我和他还有亮子还在不停地盖房子。但是奇怪的是，我们的房子盖得比任何人都歪歪扭扭，因此我们也就离得越来越远了。

他问我是不是还有什么理想要去实现的，我说我其实一直在寻找一只大象。

大象？那可真奇怪。为什么是大象？

我也不知道。反正就是有这么一个感觉，好像哪一天醒来突然就想起，我活着的意义就该去寻找到那只属于我的大象。

这种感觉挺熟悉的。

就像你每次喝醉酒之后总梦见大家都在盖房子一样。

哈哈。蓝天又喝了一口酒，然后就倒在墙脚根了。

我看他今天已经喝得差不多了，就半扶半拖着他去了他家，就在我们学校的教师公寓里。在他上小学的时候父母就离婚了，我一直都不知道他爸爸是干什么的，现在在哪里。他也从不提他的爸爸。只是听亮子说过，蓝天跟他爸爸的长相和性格都很像。

他妈妈经常到处出差开研讨会。

今天也不在。

蓝天鞋子也不脱就倒在床上睡了。我在陌生的床上睡不着，半夜起来找水喝，然后顺手打开了他的电脑。

他的电脑里基本上都是各种现场演唱会的视频。他睡着了就跟死猪一样。我先用他家的那个高档音响 HIGH 了一下。因为住在隔壁的都是租老师房子的学生，他们也早已经习惯了蓝天这个迷人的疯子，他们知道要是他们敲个门什么的，蓝天会做的事情绝对是把音量调到最大。

迷人的疯子，是学生街上的人给他起的外号。我从来没有见过比蓝天瘦又比他更好看更英伦的男孩子了。连女孩子也没几个比得过他的，特别是他的那双眼睛。我想起来能媲美的只有张国荣在《霸王别姬》里的那双眼睛。

迷人的疯子，这个外号是大有来历的。据亮子说，在蓝天十四岁那年，他跟妈妈大吵了一架，一怒之下，光着身子穿着妈妈的黑奶罩在人流如潮的学生街上狠狠地走了一趟。那一天，他让整条学生街为之疯狂，高潮迭起。

关于蓝天的传说数不胜数。亮子的自然也不会少。因为他总说，蓝天是他一手带出来的。他和蓝天是什么都能共同分享的兄弟。亮子比蓝天大五岁。

蓝天从小就是个特别倔强的人，因为父母离异的缘故，在小学的时候他就常被人欺负，是亮子主动出来当了他的大哥。之后就一起逃学，玩街机，喝酒，追女生，打架，淘打口CD……一路先后进了同一所大学。有时候我觉得蓝天对亮子的爱已经超过我所能认识到的兄弟之情。

我在蓝天的电脑里看到了一段视频。

5

蓝天大一下学期十八岁生日那天，为了庆祝自己正式成年，他决定在学校附近的江滨公园边上刚修好不久的柏油大马路上裸奔。

一大早他就把所有的衣服都脱掉放在我的自行车篮里，穿着一双拖鞋在马路上裸奔，亮子坐在莫莫的电动车后拿DV给他拍。路上的人要么鼓掌要么吹口哨，也有女人的尖叫和清洁工大妈大叔骂神经病。有开车的人也会停下来摇开车窗看他，亮子就用DV去拍他们的表情和车牌号码，那些人溜得比什么都快。

我再没见过比蓝天更爱裸体的男人，每次排练他都要在那废厂房里脱光自己，然后晃荡晃荡地走。阿杰骂他，让他穿点衣服，因为他经常会带不同的女人来。蓝天就说，我从我妈妈肚子里出来就什么都没穿，我还没骂你们穿衣服呢。

看到镜头里的蓝天，亮子、莫莫还有我自己，突然觉得有些感动。

只是相隔了一年。当时的我们如今都去了哪里呢。

我想念莫莫。

莫莫比我和亮子高一届，是蓝天妈妈的得意门生。

在她毕业后，蓝天妈妈推荐她去了北京的一所重点音乐学院念研究生，但是有一个条件，不许她再和蓝天以及亮子联系，自然也不能和我联系。

蓝天妈妈和蓝天两个人从蓝天读小学开始时就不停地斗争，自然也把我和亮子列入了敌方阵容。

莫莫走后，果然就真的和我们断了联系，连 QQ 也上不了，好像一下从我们的世界里消失了一样。

有一段时间我们特别不适应，我们都差点集体上北京去寻找莫莫。

当然，那是大半夜喝酒时的冲动。醒来后太阳一晒，人又懒散了。

那个晚上学校停电了，我们就幻想全世界都停电了。我们坐在学校最高的文科楼的楼顶上喝酒。本来是想要静静地欣赏黑暗世界。那个晚上的月亮难得地明亮，又圆又大，风吹得格外忧伤。我们算过，就我们所知的，从我们所坐的那个位置跳下去的人总共有十一个，七男四女。除了一个是喝醉酒失足外，其他都是为情自杀。喝醉酒的那个也是因为被抛弃才喝酒的。

亮子坐在天台边缘处抬头看着月亮：能不能帮我打听到她的一点儿消息啊？零星的八卦的都行……我好想她，不知道她怎么样了……

我：你们就一点儿办法也没有？问问她的同学家人什么的？

亮子：她有哪些朋友，我根本不知道，我也不认识她家里人，我现在唯一了解的，就是有她的 QQ 号码。

蓝天一直不说话，一口一口地喝酒。

亮子：也不知道怎么回事，突然就不给我任何消息，我一直很忐忑。

蓝天：担心也没有用，你真想她，你去北京找她啊。

我：有些人有些事要顺其自然，她不想见我们了，找她也没用。

亮子：我欠着她的，一直说要一起去北京，几年了……

我：她想和你联系的话自然会找到你。她要是突然不和你联系了，你着急也没用，就让她这样消失也好，不要太着急。

亮子：我不是那么淡泊的性格呀，事情半吊着就总觉得发慌，不踏实，放不下，如果不要和我在一起，告诉我，不要忽然消失，用这种方式，我一辈子都不能释怀……

我：我有一个朋友在上海，有一次很想以前经常在一起玩的朋友，于是托我四处去打听他，好不容易打听到了。人家和我说，已经决定完全告别过去的人和生活，这样去寻他，对他来说，反而是一种打扰了。

亮子也不说话了。

我：她一定找到了最适合自己的生活。

亮子：唉，好吧！我放不下是我的事。她终究是她，随她生活去吧。我只是留着一点期待吧，不做强势的要求。

蓝天突然说：是我妈让她不要再和我们联系的，她们有交换条件的。女人都这样。

亮子骂了一句粗话，然后说：我就猜是你妈干的好事。

蓝天站起来说：你说什么都可以，就是不准说我妈。

亮子也站起来：说你妈怎么了，没见过比你妈更卑劣的。

没等亮子说完，蓝天就掐住了他的脖子，然后两个人在天台上扭打了起来。

我早已见惯他们这样的场面。自己一个人坐在屋顶边缘处，慢慢喝着酒，看着那轮慢慢被乌云吞噬的圆月。

风从底下吹上来，像是有很多只手在召唤我一样。

6

自从妈妈把莫莫带到家里来的时候，蓝天就喜欢上莫莫了，那时候他才十六岁。莫莫也很喜欢蓝天，不过她不爱他，因为她不爱比自己小的男生。莫莫和亮子同岁，比我大一岁。因此，我们三个人里面只有亮子够年纪做她的男朋友。

我一直不知道蓝天到底有多爱莫莫，因为他从来没有表现出来，而且他在我们面前也从来没有主动和莫莫说过话。我之所以知道蓝天喜欢莫莫，是因为亮子一直盯着莫莫的时候，蓝天突然和我们说他很喜欢她。我也不知道亮子和莫莫的感情有多深厚，他们一直没有说他们之间的事给我们听。

有时候我会单独和莫莫在一起，名义上是为我们乐队写自己的歌词。

我们在一起的时候，谈到最多的还是关于蓝天和亮子。

莫莫说她从来不懂得男孩子间的感情。她说她没见过什么感情比蓝天和亮子之间的那种感情更深刻更奇怪的了。她说，他们明明喜欢的都是异性，但是他们找对方喜欢的女孩又只是为了刺激对方，可能是不想在彼此的生命里有比自己更重要的人出现，也可能是把这种行为当作了他们两个人共同的生活方式。

她说，他们太在乎对方了，到最后能避免彼此伤害的方式唯独绝交。

我说那是小孩子间的游戏。她说人长大后在感情方面最值得依赖最有效解决问题的只有小孩子间的游戏。

有时候她也会像个大姐姐那样来谈论我们这些人。那种口气总让我会想起蓝天的妈妈，她是莫莫最敬重的老师。她说，其实，你们并不是异类，每个人的青春岁月都有自己的故事，不，是一篇小说，没有结局的，谁也不知道自己会走到哪里，只是一直坚持着走路，从我们学会走路开始，我们就不会停止。

她也常常在我面前感叹自己越来越老了，对很多事情越来越力不从心。

我跟她说，年纪这回事，你越在意它越狰狞，你不刻意去想，不在乎，也就没什么可怕的了。

她说，因为你是男人，所以你不懂女人。

7

蓝天叫我的时候，我才发现自己趴在电脑前睡着了。

他在我面前一边刷牙一边说，他昨天梦见亮子也盖好了自己的屋顶，不过他跳下去了。

我们还是和亮子见了面，蓝天依然不和亮子打招呼，只是用眼睛斜着他。

我问亮子昨天的事办得怎么样了。

亮子说没办成。

我说：什么？没办成，是不是人家不愿意，你这德行，换谁都不会愿意，大家都知道你是个马上就要滚蛋的人了，这下丢人了吧，整天搞得自己是个万众偶像一样，想办谁就办谁。女人再怎么痴情，喜欢你的叛逆也好，喜欢你的忧郁也好，她总能分得清楚现实利害的。

我也不知道自己为什么一口气说了那么多，这些原本都是和我无干的事，像是在替蓝天出恶气一样。说完我才发现，最近我们三个人的脾气都不对劲。

亮子完全没有了昨天那种不把一切放在眼里对什么都不屑一顾的高昂气势，一副无精打采的样子。

不是，是她来了我自己就不想办了。太没意思了。人家多好一姑娘，不该由我来糟蹋。

那该谁来糟蹋。

亮子瞪了我一眼又假装无意地看了看蓝天。她昨天过来问我有什么事，是不是要走了才想起她的好，舍不得她了。我直接和她说，我想办你。然后她问我，你爱我吗？我就软了。

亮子停了停又说，她见我没说话，就和我说，要是我只是想办她，她不会拒绝。不过她又马上告诉我，其实她还是处女。然后我就和她说，办了之后我在北京等你。其实我纯粹只是在为自己找台阶下。她就说，如果我要等她的话，那就不要办了，她不想让我因为这个对自己有负疚感。我那时就松了一口气，就和她说，那你走吧。

亮子又停顿了下。她问我怎么不想办她了。我烦了，我就和她说，因为我不想办了，太无聊了。然后她也不说话，就自己开始脱衣服了。

蓝天听到这里，脸色变了变，他不想听了，转身要走人。

亮子说，我真的没办她。

蓝天冷笑了一下，人家都脱衣服了你还没办她？

那种情况下，你办得了？亮子说。

无耻。蓝天朝地上吐了一口痰。

亮子骂了一句脏话。我做什么事关你屁事，你要是喜欢她你自己去和她说啊，不要搞得好像每次都是我抢了你女人一样。

我不想他们两个在大庭广众之下又开打。我假装打趣拦在他们中间对着亮子说，你这人也太不地道了，叫人家来了，人家都脱了你还不办她，你也太侮辱人了吧。

亮子红了红脸，说后来我送她回宿舍，她跟我说我被她骗了，她说她怎么可能是处女。

8

亮子去北京前一个晚上，我们三个在江滨公园边上那空旷的大马路中间游荡，空气很好，绿化很好，路很大，我们很飘忽。

我总觉得自己会死在马路上，有几次，我丢失了自己的灵魂，我不知道自己为什么而行走，要到哪里去，我不知道自己为什么而思考，我不知道这种思考的意义，我又什么都不愿说，我也说不清楚，我永远表达不清楚自己，我总是变得太快。对于很多人来说，我像一个黑羽毛的乌鸦，放肆而不知所云。对于自己来说，我怀疑自己，热爱自己，不知道自己，看不见自己在哪里。

我们三个人都很少说话，我看着他们，突然就开始感觉到陌生，感觉有些东西正在失去，不可挽回。一切变得缓慢而疲惫，失去信心和动力，没有一个可以支撑的人。每次喝酒都会过敏，背后起了很多的斑点，看上去，很奇妙。

"有些感觉和想法不必说出来，彼此都明白。

那么就这样，一直保持沉默。这样，或许最好。

有点开始明白，却在瞬间更加迷茫。彼此对坐，沉默不语。这样很好，看穿什么。

就这样吧，时光在流逝，我们无法逃避。就好像我们无法逃避彼此的习惯，空间，性格，情感的脆弱，彼此的不了解，彼此的自以为是，彼此渐渐遗忘的过程。"

这是蓝天写在 BLOG 里的一段话，我不知道他是要写给亮子看，还是要给莫莫看，但肯定不是给我看。说实话，我和他们两个之间的感情并没有多深刻。

说离开就能好聚好散地离开的普通朋友，而已。

9

　　莫莫新找了个比她大十岁的男人订婚了，这些是蓝天的妈妈告诉我们的，言下之意自然是要我们对她死心，其实我们知道她这么做的一切都是为了蓝天，她已打算好等蓝天毕业了就送他出国去读书。好像就在亮子被开除、乐队正式解散后，刘柳找了新的男朋友后的这段时间，蓝天似乎一下变得很听妈妈的话了。有一次他醒来和我说，他梦见他的下半辈子一直都在为他的妈妈盖房子。他这个时候才满十九岁，可是他已经开始梦见他的下半辈子了。

　　莫莫的未婚夫是个有财之士，当然，我不赞同蓝天和亮子所说的所有有财之士都是浑蛋，我说他们那是嫉富，他们说我没人格。我说我相信莫莫的审美。他们说审美不等同于生活。我说我相信莫莫的生活品位，他们说他们也相信，但是她现在的生活品位更多体现在对物质的要求上。

　　我说莫莫把她最美好的青春都给你们了，你们还想怎么样。一个女人追求最基本的稳定生活有什么错，有什么必要陪着你们一起假极端，我就不信你们以后只靠自己的梦想吃饭。我说，你们是男人，你们还年轻，还可以孩子气，她已经老了，一个女人已经老了，你们懂不懂。

　　他们说莫莫听不到我说的这些话，不会感激我的理解的，不用这么激动。

　　我说我也爱她。

　　他们无话可说。

　　我也无话可说。

　　那个晚上是我们三个最后在一起喝酒。

喝完酒我们一起整夜游荡在空旷的江滨公园边上的马路上，我们三个人全部脱光了一起裸奔。

我们一起大声唱着我给乐队写的最后一首歌。

"很多年前，我觉得她和所有的女孩都不一样。

多年以后，她跟任何一个女人都没有什么不同。"

跑着跑着，我像是看到一个熟悉的影子一闪而过，像是我一直在寻找的大象，我停了下来，却什么也没有看到。再回过头去，蓝天和亮子也都不见了。

在空旷的大马路上，只有我一个人，在明亮的路灯下，赤裸着身体，四处张望。

无边无际的远方的黑暗，以及天边刚刚露出的一丝朦胧的白，像是一只缓缓走来的大象。

10

在写下这篇小说的半个月前，我从一个朋友那里听说从北京回来的亮子和刚要大学毕业的蓝天绝交了，好像是因为一个女人的事情。亮子为了那个女人放弃了他的摇滚梦，从北京回来并打算和她结婚的。其实我们都知道，亮子在北京混得很狼狈。

从此他们两个再也没打算要相见了。

其实有时候我想要去问问蓝天，我的屋顶要盖在多高的位置，才能看到我的大象。

我有一把枪

我总是梦见一只大象，
走在一把枪的瞄准镜里。

1

不知道这是第几次我和大头鬼被林清华打趴在地上了。

这次的原因是他要我们去偷一辆自行车，我们不肯。

等林清华和他的那些狗腿子走远了，我们才放下抱着脑袋的双手从地上爬起来，大头鬼吐了吐嘴巴里的沙子，用手指比出手枪的姿势半眯着眼睛对着林清华的背影"砰"地开了一枪。

"狗日的，早晚我要用那把枪崩了他。"大头鬼咬牙切齿地说。

"我有一把枪。"这是大头鬼在第一次被林清华打之后偷偷和我说的，让我不许告诉别人。他说，以后要是有谁敢再欺负他，他就回去拿枪来崩了那个人。

那次被打是因为林清华让大头鬼去山上偷西瓜，结果他偷来西瓜后自己吃了大半个，林清华很生气，不仅给了他一个左勾拳和一个360度后转身鞭腿，还让他顶着半个西瓜皮站在校门口给放学的学生看。

我去拿掉他头上的西瓜皮骂他没出息的时候，他说大丈夫能屈能伸，他大头鬼要么不出手要出手就会出人命。因为他有一把枪。

2

大头鬼和我是从初中开始认识的。那时候我坐在他的后面，他个子矮但是脑袋却特别大，挡在我面前很碍眼，所以我总是在他的脑袋后面贴王八之类的，我也把自己学习不好的原因都归罪在他的那颗大脑袋上。可是后来大头鬼让我和他换座位的时候我又不让，因为在他那颗大脑袋的掩护下，我才可以明目张胆地看小说画王八睡懒觉。

后来不知不觉我们就成了死党，自称红山双鹰。

我们学校就在那座红山的山脚下，有时候会看到一两只在空中翱翔的大鸟。我们都管它叫鹰。

大头鬼在我们的学校里算是个怪胎，他的爸爸妈妈都去外地打工了，常年不回家。和他一起住的爷爷是个聋子，因此他基本属于是没人管教的野孩子。脑袋大又营养不良特别瘦显得有点小畸形，在还没有和我成为朋友之前，他经常被人欺负，也没人会找他玩。无聊的时候，他会跑到山上去抓山鸡、兔子和蛇来玩。玩够了再放回山上去，想玩了又去抓。红山就像他家的后花园一样。他最擅长的就是抓兔子。他每次都是大半夜的时候跑到山上去，我们念初二那时候，突然冒出好多采石场，把整座山炸得乱七八糟的，有很多墓穴露了出来。他跟我说，只要看到墓穴里有红色的光，跳进去就能抓到兔子，因为那红光正是兔子的眼睛。

这都是他说的，我自己从来没尝试过，也没半夜跟他上过山，我很怕鬼。不过我还是挺佩服他的，因为每次他都能抓到兔子。

不过他从来不杀自己抓来的那些小动物。有一次他甚至抓来了一只小山鹿，被学校保卫科的科长看到了，出一百块跟他买他都不卖，还是把它放回山上去了。要知道那时候一百块钱对我们来说是好几个月的零花钱了。

我想起来了，我之所以会和大头鬼成为朋友是因为有一次我在课堂上睡着了，不知道为什么就梦到一只大象，醒来后我把那只大象刻在桌子上，然后敲大头鬼的脑袋问他红山上面有没有大象。他迟疑了一下然后说：应该有吧。

就这样，我们就成了朋友。

3

大头鬼和我成为朋友之后，两年的时间里几乎没有什么人敢欺负他了。因为我的表哥是这个学校里有名的小霸王。

不过等我和大头鬼上了高一的时候，我表哥就高中毕业不知道跑到哪里去了。接替他成为这个学校小霸王的是以前我表哥的死对头——高二的林清华。他能成为学校的小霸王最大的原因是他的爸爸刚刚当选这个中学所在的村子的村长。

我自然而然被他划入了黑名单。本来大头鬼是可以避免和我一起遭殃的，因为他们是同村。但是大头鬼却坚持要做我的朋友，成了他们村的叛徒，受到更加多的欺辱。

林清华总是会逼我们去做一些事，偷西瓜或者偷自行车之类的，很多时候我是不甘屈服的，因此难免会挨揍，还好我皮厚肉糙骨头硬，在这方面我有点看不起大头鬼，因为他的骨头不够硬，比如偷西瓜这样的事他还是会去干，每次被揍的时候他是从来不会还手的。只是会在每次被打完之后，狠狠地用手比出手枪的姿势瞄准他们的背影对我说"我有一把枪"。

除此之外，他大抵上是我最喜欢、最亲近的一个人了。

后来大头鬼抓到了一只小鸟，这是唯一一只他抓完之后带回家的动物。它是跌落在路边的草丛里被他发现了，大头鬼跟我说，那是被其他小鸟排挤出来的。

他跟我说，那是一只鹰，越想自由，生活环境就越残酷。

他说他要训练它，以后要站在那个英雄纪念碑上，鹰停在他的肩膀上，手里拿着那把枪。

下面的操场上站满了人，他要是看到自己不喜欢的人，就会用那把枪对准那个人，射出一颗愤怒又悲伤的子弹。

当时我的脑袋里都是那样的场景，觉得他真像个诗人。

4

自从有了那只小鸟后，他就没有再上山去抓其他的动物了，所有的心思都放在了那只鸟的身上。我甚至怀疑，他已经忘记了要和我一起去山的最深处寻找大象的事了。

我和他提起过这个事，他跟我说等他的鸟成长为真正的鹰之后就和我一起去寻找大象。他说那时候，他的鹰飞在空中可以很容易就帮我找到大象，他说得很认真很坚定，我也就信了，跟着他一样期待那只鸟的成长。

我经常去大头鬼的家里，他爷爷什么也不管，每天不是蹲在门口的那棵大树下打盹儿，就是蹲在自己门口的台阶上打盹儿。

大头鬼的家是祖上传下的一座土木结构的房子，总共就一间，支了两张木板床，在屋檐下隔出了一个阁楼，上面架着一具棺材，是他爷爷提前给自己做好的。大头鬼就把那只小鸟养在那棺材里。

以前我也来过几次他家，主要是想找到那把枪。不知道为什么，我一直相信他真的有一把枪，可能是他爷爷以前打过仗的原因。

他家里除了那两张床，一个灶台，一张桌子，几把破凳子之外就只有一个旧衣柜和那具棺材以及那只上阁楼的竹梯子。我一直怀疑他把那把枪藏在那具棺材里，因为那里是我唯一没找过的地方了。我不敢独自爬上阁楼去查看那具棺材，虽然大头鬼跟我说过在小学的时候，他经常是睡在那里面的。

他把那只鸟养在那棺材里面之后，我倒是和他一起上过那阁楼，不过我并没有看到那把枪，因此我又怀疑，他可能把那把枪藏在了更隐秘的地方。

反正他肯定有一把枪。我宁愿相信他真的有一把枪。

5

林清华从来没有那么客气地和我们说过话，还主动递给我们烟，我没有接，大头鬼倒是接了过来，抽了一口就被呛得在那边直咳嗽。

他不再让我们去偷什么，而是想让我帮他写情书，给一个叫左左的女生。

谁让我的舅舅是个有名的老秀才，从小就让我背熟了唐诗宋词各三百首，不过我更喜欢的是他藏在箱底的那本古代情诗三百首。我从小就有去偷翻别人东西的毛病。后来我知道那也叫窥私癖。

左左和我是隔壁班同学，或者这也是林清华找我来帮他写情书的原因之一，这样会更方便交流。左左的容貌自然是不必说，按我们那个语文老师的话说，比所有的玉兰花都要娇嫩芬芳。她的学习也很不错，更是我们学校广播站的播音主持，一向都是骄傲地抬着自己那颗小小的头颅，总是摆出一副和我们这些人早晚会同途殊归的样子，因此她几乎也没有什么朋友。

可能因为她的骄傲，所以林清华会以给她写情书这样的方式来追她。我一眼就看穿了他的阴谋，如果能追到她，他自然会把一切都归为自己的魅力，如果被拒绝了，又可以把失败归到我的身上来。当林清华跟我说出这件事的时候，我从他的眼里看出了他的自卑，当时我就特别想笑。我自然也毫不掩饰地笑了出来。

我的笑让林清华变得很尴尬，大概是不知道我到底在笑什么，到底要不要帮他写情书。渐渐地，他的那种尴尬变成了一种愤怒，一个被看穿了小把戏的小人的愤怒，他的脸色一变，他身边的那个马屁精马上就挥起拳头要朝我打来。

要是平时，我早一脚踹过去了，可是这次我连眼皮都不眨一下，停住笑，定定地看着林清华不停眨着的眼睛说："好。"

不得不说林清华毕竟是有跟他的那个浑蛋老爸练过几年拳头，反应特别快，我刚停下笑还没开口说话的时候，他就已经一脚把那个要打我的马屁精给踹飞了。

他拍了拍我的肩膀说："以后你就是我的好兄弟了。"

我轻轻地笑了笑，他也跟着笑了笑。

等他走远后，大头鬼朝着他的背影开了一枪，很不解地问我："你怎么会答应帮他做这么缺德的事，人家左左可是个好姑娘。"

"我也是个好小伙子啊。"

大头鬼皱着眉头更加不懂得我在说什么了。

我已经有了一个好主意，不过我并不打算告诉他，以他的智慧，我要解释到让他明白估计我们高中都毕业了。

6

在课堂上除了睡觉看小说之外，我干得最多的事情就是对着窗外发呆。

那天，班主任把我叫起来，让我独自站在教室的后头。仅仅因为我看到窗外飞过一只鸟，目光跟着它飞翔了好久。

趁他转身在黑板上写字的时候，我慢慢移到了窗边。

我看到了正在操场上上体育课的学生们，我们的操场在学校的围墙外面，那个大水坝的下面，水坝上立着那座高大的纪念碑，在水坝的另一边就是一片被改建成水库的湖泊。

那个穿粉色运动裤的女生特别显眼，扎个歪歪的小辫子在一群人的后面跑步。她就是左左。然后我又看到了那只鸟，从学校东面的小树林里飞起，飞过操场、国旗、围墙、电线杆、小湖泊，最后又飞入了西面的小树林里。

过了一会儿之后，它又飞了出来，向东面的小树林飞去。

我忍不住轻轻地吹起了口哨，那是我最快乐的一种表现，在很多年后我基本忘记了如何吹响那种又长又脆的哨声。

老师索性把我请到了班级门外边的走廊上，说是等放学后再收拾我。

多么自由，风儿轻轻拂面，阳光洒满肩头。我背靠着墙壁，看着不远处的草坡和那座郁郁葱葱的山。

我们班主任习惯性地开始拖堂。他们上完体育课陆陆续续回到教室里来了，左左依然是一个人，抬着她那小小的头颅，脸上微微发红，脖子后那有点湿的细小毛发在阳光中泛着柔和的金色光芒。

她从我身边走过的时候，我朝她吹了声短而脆的口哨。

她没有看我，但是我看到了她的眼神飘了一下，眼睫毛很长，像是一个贪睡的娃娃才有的眼睫毛。

我也假装没有去看她，学她的样子，微微抬高自己的头颅——实际上比她抬得更高。

"什么时候一起去爬山吧。"我说完开始吹一曲妈妈教给我的小调子。

她已经走进教室里去了。

7

再一次和她有所交流，是在语文老师的宿舍里。

语文老师叫王大伟，刚分配过来不久，是从外省来支教的。不知道为什么，他似乎特别喜欢我，可能是因为在所有的科目里面，我只有语文算是比较好的，虽然在他的课堂上我几乎也都是在睡觉、看小说或者发呆。

他经常会叫我到他的宿舍里去，和其他老师一样，但是他从来不会像其他老师那样摆着一副大人训小孩的臭脸，也从不指责我上课不认真听讲，虽然偶尔也会要我好好听课，说只有念好了所有的科目才能考上大学。他从来不是强迫的命令语气，更多的是一种平等交流的感觉，或者说，像是一个哥哥在和他的弟弟谈心，很真诚，在说"我觉得"之后常会跟着说"你觉得呢？""我知道其实你是有自己的想法"这样的话。

我有点喜欢这个家伙，因为打篮球的时候我抢断他的球后他还会朝我竖起大拇指而不是觉得自己很没面子，非要摆明他是老师我是学生因此绝对不能比他厉害。总的说来，除了在课堂上他是老师外，在私下他从来不会觉得自己什么都比我们好，有时他还会主动向我们请教，比如怎么吹口哨，比如怎么去抓一只鸟。

那次他找我和左左，是和我们谈创办一份文学刊物的事。他说虽然他是老师，但是我会更明白学生们的喜好，所以想让我来当主编，而他主要负责和学校老师以及领导们的沟通。他找左左来，是想把刊物和广播站结合起来，除了可以把广播站的那些稿件提供给我之外，还可以把杂志做成有声读物，提高互动性。

那天我们三个聊得还算投机。后来趁他去倒水的时候，我悄悄跟左左说："什么时候一起去爬山吧。"

左左没回答我，但是这次她很认真地看了我一眼，可能是在揣摩我说这话的意思。

我没想到王老师的耳朵那么尖，他把水放在我们的面前："爬山？爬山好啊，又能锻炼身体又能呼吸新鲜空气，还能采风。你们也带我一起去爬吧。"

8

爬山的时间定在周末，我还叫上了大头鬼，因为对于这座山，最好的领路人莫过于他了。他还带上了那只小鸟，在他的照顾和训练之下，那只小鸟已经羽翼丰满，不时能扑腾着翅膀飞上几十米，不过最多的时候还是乖乖地站在大头鬼的肩膀上，一如他跟我描绘过的那样。

左左异常喜欢那只鸟，因为它也肯站在她的肩膀上，它从来不肯站在我的肩膀上。因为那只小鸟喜欢左左，这让大头鬼比往常更加兴奋，并且自信了许多，刚开始的时候他甚至连看都不敢看她一眼。当左左因为那只鸟而主动跟他亲近的时候，他说起话来就滔滔不绝了，左左完全被他那些神奇的故事迷住。我暗自骂大头鬼重色轻友，害得一路上我几乎就没什么插嘴的机会，因为在他的那些故事里，我一直充当的都只是配角。

大头鬼跟他们说那是一只鹰。王老师就和我说，要不我们的杂志就叫"鹰"吧。我不是很满意，但也想不到更合适的了，虽然我一直想起的名字叫"大象"。

王老师还提议说，以后就用这只鹰做杂志的封面。一个月一期，他来负责摄影，拍下这只鹰茁壮成长的过程，象征着我们杂志的自由和成长。这个主意倒是很不错，只是我当时想到的是，这只鹰早晚会死，死了后我们的杂志是不是就停了。我一贯是想到什么说什么。

我呸，你这个乌鸦嘴。大头鬼骂我。

你这个悲观主义者。这是左左那天主动说我的一句话。

那一天我们都过得很愉快，王老师用他的那台老"凤凰"给我们拍了不少的照片，其中也有我和左左的合影，不过她非要那只鹰也出现在相片里面。王老师也教我怎么使用他的那台相机，并给他和左左拍了合影。

那是我见过的左左最美好的样子。按下快门的时候，我的心跳了跳，说不出是一种什么样的感觉。有点疼。

自从这次登山之后，左左也算是和我们成了朋友。

可能是因为那只鹰的关系。

我想着或者以后我该和她说说我的大象，她应该也会对大象感兴趣的。

关键是，在那之前，我必须先找到我的大象。

9

林清华每天都会来找我问关于替他给左左写情书的事。

开始的几天，我说我正在想怎么写。然后告诉他说我必须先对她有所了解，知道她的喜好才可以写出能打动她的话来。再然后，他实在等不及了，我就跟他说，我已经给她写了，还没回信呢。他怪我写完都不先给他看一下。

我说他当时没让我要先给他看一看，他有点儿不爽但还是没说什么。

后来的一段时间，因为杂志的事，我和她走得比较近，还有大头鬼以及他的那只鹰。大头鬼又经常去抓来一些兔子什么的想要送给她，但是她听我说那些兔子是从墓坑里抓出来的之后，吓得抓住我的手，躲在我的背后，好像那只兔子会开口跟她说"你好"一样。

因此我们最经常做的，还是三个人一起去那大坝上训练那只鹰。

那是我记忆里最美好的一段时光了，那个巨大的纪念碑见证了我们三个人和一只鸟的快乐时光。

那些撒落在我们肩膀上的阳光，那浓厚的可以完全把我们隐藏起来的纪念碑下的阴影，那大坝两边随风摇曳的狗尾巴草，那笨拙的连蹦带跳才能起飞的小鸟以及跟着它在后面在大坝上奔跑的少男少女。那座大坝好高好高，那学校以及所有的一切都离我们好远好远，在记忆里，好像所有的一切都已经不存在了。只剩下了云、蓝天、风、草丛以及少女的裙摆，少男们萌动的爱。

还有草丛中那些零落生长的野草莓，我们一起躺在草丛里，能看到地球在缓慢地旋转，那么慢那么慢，像是会随时定格下来一样，随手摘一枚带刺的野草莓放在嘴巴里，酸酸的，甜甜的。

……

10

林清华终于意识到不对劲，还是来找我了。那时候我正和大头鬼在纪念碑下等左左一起来训练那只鹰。

他二话不说，一拳就打在了我的脸上："你敢耍我。"

我吐了口带有血丝的口水，没有像以前那样反抗，倒是笑了起来，这让他更加恼怒起来了，他身边的那些狗腿子也迅速地把我们包围了起来。

大头鬼挡在我的面前和林清华说："他真的帮你给左左写情书了，不信，一会儿左左过来了你自己可以问她，她不喜欢你，我们也没有办法啊。"

林清华推了他一下，骂了一句脏话后说："你们还真把我当傻瓜了，好你个陈晓明，亏我还把你当兄弟，原来你早就想好要趁这个机会给我难堪啊，说是要帮我写情书，你倒是自己上了，呸，你们这两个狗男女，别以为我什么都不知道。"

"不是这样的。我们只是好朋友。"大头鬼依旧挡在我的前面，试图说服他。

"你这个死大头鬼，你也有份，刚才我说错了，你们是三个狗男女。今天不把你们打废了，我就不叫林清华了。"说着林清华挥起拳头朝大头鬼打去，这个时候那只在草丛里的鹰突然扑腾着往林清华的脸上飞去，一下在他的脸上抓出几道血痕来。

林清华惨叫了一声，双手乱飞，打到了那只鹰，摔落在地上，大头鬼突然跳起来，用他的脑袋把林清华撞倒了，然后拼命朝那只鹰喊："你快飞走啊。”

可是那只鹰扑腾着就是不肯飞走，反而飞回到大头鬼的肩膀上，任他怎么赶就是不肯离开他。

林清华爬起来和他的那些狗腿子一拥而上，我和大头鬼拼命反抗还是被打倒了，那只鹰在抓伤了几个人之后还是被他们按住了。

林清华一把抓住它的脖子把它提了起来：“我听说你最近养了一只老鹰，一直很好奇。我呸，原来不过是一只乌鸦啊。”说完和那些狗腿子一起哈哈大笑起来。

大头鬼挣扎着想去夺回那只鹰，却又被林清华一脚踹在脑门上躺在地上，紧接着他扬起那只手，狠狠地把那只鹰摔在了地上。

它在大头鬼的面前扑腾了几下，嘴巴张了张，眼珠子慢慢上翻，再也不动了。大头鬼的眼睛瞪着老大，布满了血丝，他的喉咙吼不出声音，鼻涕和血丝一起流了出来。

他像是不要命地爬起来朝林清华冲去，被打倒又冲过去又被打倒又冲去……

我抱住了他，可是他还是拼命挣扎着要和林清华拼命。

我突然对林清华说：“左左不喜欢你，因为他喜欢的是王老师。”

所有人都愣了，林清华吐了一口痰在我的身上表示不信我的话，认为我又想要骗他。

我从书包里拿出那张那天我拍的他们的合影递给他。

林清华接过照片，慢慢地捏成一团。

大头鬼已经意识不清了，可是他还是挣扎着要爬起来去和林清华拼命，我死死地抱着他。

不知道是林清华信了我的话，还是被大头鬼不要命的样子吓到，他和那群狗腿子离开了。

11

大头鬼在县里的医院住了一个星期，是林清华的爸爸出的钱，他还出钱让学校压住了这件事。

至于大头鬼的爷爷，他连大头鬼是不是他孙子都已经分不清楚了。

在大头鬼住院的这几天，我和左左一起把那只鹰埋葬在那个纪念碑前的草丛里，我从来没见过一个女孩子那样失声痛哭过。

在大头鬼昏迷的时候，手还比成手枪的姿势，一直在说着胡话："我有一把枪，我有一把枪……"

在这几天里，出了一件更大的事情。

王老师来医院看大头鬼的时候，被林清华打了，按照目击人的说法是，他骑着自行车刚出校门口不久，林清华提着一根棍子，对着他的脑袋就是一棍，当场就从车上摔下去，昏迷过去了。

不管林清华的爸爸花了多少钱，他还是被抓了起来。不过他拿出了那张王老师和左左的照片，说是因为一直愤怒于老师的这种无耻行为才犯下这样的错。

不管后来我怎么解释，怎么为他们做证，王老师还是被辞退了。

因为王老师自己承认，自己确实不该和一个女学生过于亲近。他认为所有的事都是因为他引起的。

在临走前，他把他的那台相机和书都留给了我，但是他没有再见我一面，也没给我留下任何的话。那本叫"鹰"的杂志始终没有办起来。

左左不堪那些流言，也转学了。

她只和大头鬼一个人告别。

12

很长的一段时间里，大头鬼都不和我说话，他甚至搬到教室的最后一排。他不跟任何人说话，很多人都以为他被林清华打傻了，变成他爷爷那样。

有一次我去他家里找他，他就睡在阁楼上的那具棺材里，一动不动，眼睛睁得大大的，看着屋顶。

屋顶上一扇小小的天窗，上面有阳光。有一只鸟，扑腾着翅膀落下来又飞走。

在高考结束后，我在纪念碑下看到了他。

那里野草疯长，我已经忘记曾经的那只鹰埋在了哪里。

他主动开口跟我说了话。"其实在林清华要你帮他写情书的时候，你就已经计划好了一切，是不是？"

我看着他，没有说话。

时间好像停顿了，那些荒草快要把我们湮没。我跟他说："我要去寻找我的大象，你会帮我一起去找我的大象吗？"

"我会一枪杀了它。"大头鬼说得很慢，很认真，每一个字都像一颗子弹。

我转身，沿着长长的大坝朝那座山走去，两旁的狗尾巴草依旧在风中摇曳，像海浪一样，拍打着我前行的脚步。

我从来没有觉得这座大坝这么高，这么长，山就在大坝的尽头，我却永远也走不到那里一样。

我感觉到大头鬼在我的背后慢慢地举起了他的那把枪。

一颗悲伤的子弹顺着大坝向我飞来。我停下了脚步，微微抬起了自己的脑袋，像骄傲的左左那样，微微地抬着自己的脑袋。

蓝天、白云、风、荒草遍地的野草莓，阳光依旧明媚。我闭上了眼睛，在子弹穿过我心脏的一瞬间，眼泪滑落了下来。

从滚热到冰凉。

迷　影

你见过我的大象吗？

它有很大的耳朵，很长的鼻子，很好的牙齿。

是的，它和其他的大象没有什么区别。

但是这对我来说，有什么重要？

大象只是我的大象。

在我森林一样的心里，慢慢行走的大象。

1

一直以来，我都喜欢一个人走路，这是一种习惯，就像我喜欢孤独一样。

其实孤独的人太多了，孤独本身并不会说话，它只会静静地跟随在你的身后，在你无所不在的地方看着你。

我是个大一的学生，他们叫我小西。曾经有个女孩子问我："如果你的口袋里只有两块钱了，你怎么过完一天？"

我想了半天，然后说："坐 20 路公车到火车站，然后在那边画几张速写，然后再坐 20 路公车回来。"

而我，也确实这么做过。问我这个问题的女生叫牙牙，后来我叫她女小孩，一个我永远也画不像的女小孩。

那个时候已经是秋天了，我习惯性地上街闲逛。戴着毛帽子，背着大旅行包，我喜欢把全部家当都带在身上，即使只是逛街。这样子我就觉得自己永远是个陌生人，从不怕把自己给弄丢了。

或者我一直只是在寻找，寻找我的大象。

那天我走了很长的路，在很多个地方坐过——公车停靠站，广场台阶，街心公园里的欧式长椅。我喝了几瓶矿泉水，走得毫无目的。

太阳从街道的尽头落下的时候，我看着红灯，默数着数字，过斑马线，然后看到了她——牙牙。我隔壁班的女孩，从来没有打过招呼的，长得美。她走了过来，跟我擦身而过，在我背后站定了，轻轻地说了一声"Hi"。我愣住了，没有回头。她也没有再说什么，径自走了。这事竟让我不能忘怀。在以后游荡的时候，在每一个街口，我脑海里总会浮出她的影子，以及那声浅浅的"Hi"。

我本人一直认为所谓的艺术家和流氓之间只有一线之隔，也一直强调自己只是流浪于其间的一个什么都不算的二流子。除了狂热和狂想，我什么都没有。我上着这所不好不坏的大学。

我不喜欢这所大学。我为中央美术学院已经奋斗了 4 年。我觉得我有理由变得消沉，留着长长的头发，稀疏的胡茬子。每天拼命地画画，常常被颜料和松节油熏得筋疲力尽，还要再爬上这六楼。每次上来，我都觉得这条走廊阴冷潮湿。

那次我又画完画回来，筋疲力尽地爬上六楼。

不经意一抬头，看见她也从对面楼梯上来。扶着扶手，在长长的楼梯尽头对我挥着手说"Hi"。窗外是秋天的阳光，从窗口射了进来，照在她的身上，有着动人的光芒。

那时候我觉得我背后也有大片的阳光降临，打在我的身上，格外的暖和。我也挥着手对她说了一声"Hi"，我确定我是笑了。

她是个非常可爱的女孩子，是的，非常可爱，至少我是这么觉得，认识她的人都叫她"牙牙"。她喜欢像小孩子那样笑，一笑就有两个深深的酒窝，她的舍友远远地见到她就会挥着手叫："哎，牙牙！"她也就老远地挥着手说："是啊，是啊，牙牙，牙牙啊！"

2

我不知道什么时候就开始和牙牙熟悉起来了。

可能是因为某一天我无意识地叫了她一声"女小孩"吧，这让她感到很惊讶。她说她好喜欢这个称谓，为了表示赞赏，她决定以后经常陪我出去闲逛，决定叫我"男小孩"，决定给我当免费的模特，虽然她一直叫嚷着我画得一点也不像她。总之，她一下做了很多的决定，那种口气和神情一点都不容许我拒绝。虽然，我更喜欢"老男孩"这个称呼。

那时候，我们开始上摄影课。我去二手市场买了一架老式的凤凰相机，还外带一个长角镜头。从那之后，我挎一个有着红星的绿色小书包，里面放我的速写本和水笔，脖子上一直挂着那台凤凰相机，搞得学校摄影协会的会长以为我是一个走极端路线的发烧友，一度极力邀请我入会。而他没有想过，用凤凰相机，即使我想发烧，也只能烧到37度5。

上完索然无味的摄影基础理论课，终于是皆大欢喜的放鸽子运动（美术系的自由写生）。

我带着我的凤凰相机还有女小孩几乎走遍了这个城市市区的所有角落。我带着她穿过一座座有着古老风火墙的牌楼，一条条左右门洞里黑暗潮湿的三坊七巷。我让她站在我的镜头里。

她天真地问了我一个问题："你不喜欢说话，你是不是在寻找什么？"

我不假思索地回答说："我在寻找我的大象，如果哪一天你发现了，请一定告诉我。"

她很疑惑地看着我，却很坚定地说："我一定会告诉你。"

她真是个女小孩，她比我小3岁，3岁就是一个代沟。有时候我会考虑一个问题，如果哪一天我带她去看烟火表演，要不要把她架在自己的脖子上，然后身边有个人脖子上也架着一个小女孩，他和我打招呼："你女儿真好看。"

每个爸爸都会得意自己有个好看的女儿。我这么想，在行动上也表现得很到位，很诚恳地扮演着一个既放纵又爱护的长辈角色。

比如我陪她看过很多场有校篮球队队长的比赛，陪她跟踪过音乐学院那个最高最帅头发最飘逸的小提琴手，一无例外地替她向他们索要过签名，调整好光圈快门给他们拍下灿烂无比的合影。

我总是在心甘情愿的状况下完成这些动作，也只有在一个人对着空白的油画布发呆的时候考虑我为什么要这么做，而且心甘情愿。

然后对着一面镜子沉默地画着一只沉默的大象。

蓝色、黄色、绿色、红色，紫色、橙色。

虚构的对比空间。

3

我们这个城市有个地方的人口密度位居全国第一，那就是学校旁边的那条狭窄的学生街，从早上7点到晚上12点，这里总挤满了人，一对一对比南京路、王府井还繁华。

其实我挺不喜欢这里，人都要像螃蟹那样横着走，一点儿也没有自由感，而且这里卖的东西基本都是假冒的便宜货。

但是牙牙给我的理由是，这里碰见帅哥的概率大，也有不少美女，可以提高我的平民意识。我说我本来就是草根阶级，她表示不屑，她硬说我是狗尾巴草，草就草了，还硬要装出那么点不甘平凡的假忧郁。

每次陪牙牙逛街就好像赶赴战场似的。不，确切地形容是，战争来临前的大采购。她把所有东西往我身上一挂，就冲了出去，买了一大堆的东西交到我手上后又冲出去，好像晚一点就没有东西买了一样。

我不喜欢进那些小店，所以通常情况下我都是站在店门口，手里提满了她的东西，像她的保镖那样子木然地站着。她的手机时常会有短信息来，我不得不把手机拿进去给她。

我受不了，"为什么有这么多的短信息啊？"

"你不知道有好几个男生追我？"她很吃惊的样子。哦，我的天，瞧她那无辜的眼神。

"那为什么没有女孩子喜欢我？因为我长的黑，很抽象？"

"抽象，还立体呢。哪里，黑是健康嘛，不过确实长得不帅，但也不是很难看，起码不是野兽派的啊。"她邪邪地笑着，"而且还真的有人喜欢你呢，想不想知道？"

"有吗？我怎么不知道。"我装作不在乎的样子。

"当然。"接着她说出几个女生的名字。

"神啊，救救我。"

她大笑。我对她直翻白眼。

元旦的时候，她一定要拉我去参加学院的化装假面舞会。我没有面具，她就跑到服装班那边给我弄来了化妆颜料。她问我想要画成什么样的面具，我想了一会儿说："把我画成大象吧。"

牙牙很认真地在我脸上折腾着，我和她的脸第一次靠得这么近，她呼出的气就像是软筋散，让我有点晕乎乎的感觉，还有她的眼睛，因为认真显得格外有神，眼睫毛那么长，就像是两只黑蝴蝶一样在我瞳孔里飘着。她的嘴唇没有涂唇彩，看上去像粉红色的旱地。

我突然间觉得很尴尬，因为我听到了自己咽口水的声音。我不好意思地闭上了眼睛，心里兵荒马乱的。

在舞会上，她一直嚷着叫我教她跳舞，不过到后来我发现她跳得比我好很多，还在那边装傻，被我发现了她就吐着舌头鬼鬼地笑。化装比赛的时候，我们挽着手一起绕着舞台走了一圈，还很一本正经地往下面扔玫瑰花瓣，台下的同学们就拼命地鼓掌欢呼吹口哨。我们很容易就拿到了第一名。

"我们挺有夫妻相的是不是？"我打趣她，她就踩我的脚。牙牙很喜欢踩我的脚，特别是在吃饭的时候，她对我翘鼻子我就知道她又要在桌下踩我的脚，可不知道为什么她踩我的脚的时候，我会觉得很舒服。

新年钟声响起的时候，我对牙牙张开我的双臂。她愣了一下："我就吃亏一点儿，让你占一次便宜。"然后我们抱在一起又叫又跳。我第一次感觉到她的身体原来是这么的柔软，也第一次发现她是个充满诱惑力的异性。这让我觉得迷茫。

在回宿舍的路上，很多人一起唱起了歌，路过每栋宿舍楼就大喊"新年快乐"。

狂欢过后，我觉得整个人有点虚脱，便悄悄地脱离了人群，默默地走在后面，我想起了我以前的生活，又想起自己暗藏在心中的可怜的理想，我一直想再去考中央美术学院，可时间越来越紧迫了，这一学期我到底做了些什么？我觉得这种希望真的很渺茫。

牙牙跑过来问我什么了，我强挤出一点笑容告诉她只是有点儿累。她能明白我吗？她永远也不知道我为什么一直在寻找我的大象。

一路上她和她的那群死党们打打闹闹，很快乐地唱着歌，天真无邪的一个女小孩。我对自己说我不能喜欢她，她只是一个可爱的小女生。我们不适合的，因为我不快乐。

　　回到宿舍的时候，我照了下镜子，想洗去脸上的油彩，我才发现她在我脸上折腾了半天，只是写了"大象"两个字。这个可爱的女小孩。

4

　　元旦节过后，牙牙神经兮兮地跑去买了一大堆的铜戒指，然后拉着我到处游荡。

　　"今年是指环年，只要有陌生的人送你戒指你就会好运七十年。"她说，"我们看到好人就送给他一个戒指怎么样？"

　　我不知道什么样子的才算是好人，所以我只有待在一旁看她很快乐地送出她的祝福。

　　"好了，这是最后一个了，送给你怎么样？"她跑到我身边。

　　我从街边的栏杆上跳了下来，"不要了，我又不是好人。再说，你看我的手，光光的，什么都没有，我不喜欢戴这些东西的。"牙牙的嘴马上就嘟了起来。

　　"生气了？我们本来就不是陌生人啊。"我低下头看牙牙生气的样子，她的鼻子也翘起来，还是乱糟糟的短头发，她每天早上起来都要把自己的头发弄乱。

　　"不跟你说了。我送给我自己，反正也没有人送戒指给我。"我第一次看到她生这么大的气，不理我直往前走，我不知道该怎么办，只有默默地跟在她的后面。晚秋的叶子一片一片地落，我的头发也不停地在风中飘。

　　第二天，我碰到牙牙，以为她还在生我的气，刚想给她赔个笑脸，她就已经"咯噔咯噔"地跑过来拉住我的衣服："小西，听说学生街那边又来了很多好东西，下课后陪我去好不好？"看她涎着的笑脸，我无法拒绝。

去学生街的途中有个岔口，一条是直下的水泥路，然后左拐。一条是先拐到地理系门口再顺着台阶下去，汇在一起。每次走到这里她都要和我分开走，然后再碰面，她说她喜欢这种相遇的感觉，很惊奇。

而我在听她这么说的时候，开始以为，我曾经和我的大象一起走进一片森林，我们站在两条分岔路上约定，彼此选择一条路走下去，说不定哪一天就能突然相遇。

我路过很多分岔路口，也失去了很多走另外一条路的机会，我不知道接下来还有多少条分岔路要走。

学生街只有一家店我们都喜欢进去，那就是总统俱乐部，这里有各种各样跟足球篮球有关的东西，我们的爱好是如此的不同。她挚爱足球，而我却是个篮球迷，在那家店里面我觉得我们就是陌生人，各自顾着挑自己喜欢的东西，我竟有点失落。

我依然会经常带她出去游荡，慢慢地毫无目的地到处晃荡。看着别的男生把后架拆掉，然后载着女孩子出去兜风，我就对她说："嘿，我们这样子也很浪漫啊。"

"是啊，又烂又慢。"话虽这么说，可是常常在礼拜六的一大早，她就背着包戴着网球帽把我们宿舍的门敲得砰砰响。对此，我的舍友们非常地愤慨，认为是我破坏了他们难得可以光明正大睡懒觉的时间，为此他们一顿吃掉了我一个礼拜的伙食，并要求我必须每个礼拜六的早上主动早起，开好门等她。

下午没有课的时候，我都会去打篮球。每次打完球，我都会看到牙牙提着一瓶矿泉水站在夕阳里。我笑她像极了安格尔的那张《泉》，女孩和水是最动人的组合。

刚开始的时候，我以为牙牙很善良，然而她根本不给我一点儿快乐的理由，特别打击地对我说只不过因为要去看足球队踢球，顺道感动一下我。我这才知道原来自己还是不受女生喜欢——尽管我一直强调她只是我的一个女小孩。

而打死其他人他们也不会相信，我和牙牙居然没有恋爱关系，还说是一朵鲜花插在牛粪上。我真的搞不懂，我不迟到不早退不抽烟不喝酒不闹事不染头发不穿耳洞，为什么在别人的眼里就是流氓一个？我告诉她，跟我这个不求上进的流氓混在一起没有什么好处，会没人要，而且我也不想毒害祖国花朵的健康成长。

我以为很善良、很纯真的牙牙，一定会大受感动，然后来安慰我其实我还很不错，只是那些人看走了眼嫉妒我才这么说。她居然一脸不在乎的表情："你不要担心，我不会叫你负责，等哪天我想谈恋爱了，我随便说一声肯定会让一大堆人兴奋得睡不着觉。再说了，都说你是牛粪嘛，鲜花长在牛粪上，才会更加娇艳啊。等我绽开的时候，呵呵，你等着瞧吧。"

看着她那粉红的俏皮的脸蛋，我假装呕吐。

5

我们的日子就这样子慢慢地过去了。日头越来越短，头发越来越长。虽说还不觉得冷，但冬天毕竟是到了。看到学校各个角落里一对对相偎依的情侣，她也会裹紧自己的衣服对我说："小西，好冷啊。"我不会像那些人那样脱下自己的衣服披在她的身上，只是慢慢地走在她前面，替她抵挡那萧瑟的夜风。

宿舍里的兄弟依旧天天去玩网游，通宵达旦地玩。经常就剩下我和林君两个人，睡不着的时候我们就躺在床上零碎地扯。

林君是我们院足球队的队长，人长得阳光，虽然不高，但还是有很多女生喜欢他。

"小西，听说你和牙牙只是哥们，没有什么是吧？"有一天他突然这么问我。

"是啊。"我说。

"能不能介绍我们认识？"他有点不好意思地说。

我愣了很久，然后鬼使神差地答应了他。

我明白林君喜欢她，可不明白为什么要我介绍给他认识，都是同学，以他的条件想接近她还不是很简单的事。这件事搞得好几天我都晕晕的，但我还是介绍牙牙去给他们足球队当了啦啦队队长。或许这样子也好，我再也不用陪着她到处瞎逛，可以安心地想想自己的事。

事实是，我经常一个人出去游荡，我觉得自己好像是在逃避什么，我用各种理由推脱她，后来我干脆对她说你知不知道我不喜欢这个学校，我要再去北京考试，你不要找我和你出去瞎逛浪费时间好不好啊。她愣在那里，咬了一下嘴唇，然后就跑了。

牙牙还是经常会来我们宿舍，不过是来找林君谈足球队的事，每次我都面对着墙壁蒙头睡觉。

我看到林君和她一起坐在篮球场旁边的台阶上看电影，看到他脱下自己的外套披在她的身上。我才知道女孩子还是喜欢安静地待在一个地方，喜欢温暖。林君为了感谢我，特地请我去吃饭，她还习惯地用脚踩我，我像以前一样感到莫名的美好的感觉，可我看到林君看我们的眼神，我发现我已经没有权利再来享受这种幸福。那天我喝了两瓶酒就吐了，我拿了她递给我的纸巾跑到小巷的桥下，该死的，我竟呜呜地哭。

我再也没有去打球，因为我不想接受也无法拒绝牙牙递给我的水。

"小西，林君他说他爱我。"有一天牙牙突然对我说。

"……"我的心痛了一下。

"你就不想说点儿什么吗？"她死死地盯着我。

"好，不错啊，我是说林君他真的很优秀，你会快乐的。"我真想能够躲开她的眼神。那萧瑟、落寞的眼神。

我突然想起了川端康成："啊，那深邃的目光，就像一派秋色，向我横扫过来。"

终于放假了，我和她同时间段的车，我帮她提了行李，一起去车站。路上我们一句话没有说。

我要走的时候，跑去给她买了一包橄榄和一瓶水。回来的时候，脚踩到一个坑里，拐了一下。

临上车的时候，牙牙给了我一张自制的卡片。在车上，我一遍一遍地看着那张卡片。

"小西，是不是所有的爱情都是跷跷板，任何一方越想靠近另外一方，她就越容易输呢？"

下车的时候，我觉得脚踝一阵刺痛，已经肿得老大。

整个春节我都待在家里，我上网得知，福建人今年不能在北京考中央美术学院。我心里有一根神经一下子松掉了，像是意料之中的事，我竟不觉得悲哀，是不是我怀念的只是在北京的生活，或许这只是一直以来自己给自己编的理由，自己给自己的莫名其妙的行为安上的借口。

听着外面的鞭炮声，看着外面灿烂的烟花。新的一年来了，祝你快乐。我对自己说。

我和来找我玩的朋友不停地喝酒，不停地上网。看到林君给我发的短信，说他好喜欢她，说搞不懂为什么她是那么的忧郁，原本她是那么的快乐。我看着那张卡片，好像看到她跟在我后面被风吹得发红的脸，她那幽幽感伤的眼神渐渐地浮现出来，仿佛这冷冷的黑夜就是她的眼睛。

6

春节过后，我的脚好了一点儿，我又开始习惯性地出去游荡。在每一个街口我脑海里总会浮出她的影子，以及那声浅浅的"Hi"。我想起她招手对我喊："是牙牙，牙牙啊。"

我想起她把所有的东西往我手里一搁，就冲出去的背影。我想起她买一大堆的东西看我吃的时候的酒窝。我想起她踩我的脚，鼻子往上翘的样子。我想起她拉着我满大街地发送戒指，那些人肯定会好运相伴的吧。我想起她生气不理我的模样。我想起在去学生街的那个路口和她相遇时，她一脸灿烂的表情。我想起她在一旁看我咕噜咕噜一口气喝完她递给我的矿泉水。我想起我们一起玩牌，她输了就要回答我的问题，她告诉我她喜欢我们班上的一个男生，没有长头发没有颓废的样子。我想起，我想起无数无数和她在一起的日子，想起这些我的眼睛总是痒痒的，心就莫名地疼，我就拼命地喝水，对自己说我是个不快乐的人，我不可能给别人带来快乐。

我想起那个秋天的午后，我和她在美术学院下面那条树叶不断在头顶飘落的小巷里画画。突然下起了太阳雨，我们快乐地笑着，手拉着手把画板挡在头上，脚踩得雨花乱溅。

我想起"小西，是不是所有的爱情都是跷跷板，任何一方越想靠近另外一方，她就越容易输呢？"这句话。

开学的时候，我买了一辆二手自行车，我给自己的理由是要经常去江滨公园画画，所以特意挑了一辆车后座比较牢固的车。

　　我们的学院在一个很高的坡上，我骑着自行车慢慢地上坡，费尽九牛二虎之力。在快到顶端的时候，有一辆宝马车在我身边停了下来。牙牙摇下车窗和我打招呼，一个寒假过去，她明显成熟了很多。她旁边的驾驶座上是一个白马王子型的人物，只是漫不经心地打量了我一眼。

　　宝马车开走很久后，我发现自己已经停了下来，最终也没能骑上坡。

　　林君请我去吃了晚饭，喝了点儿小酒，他格外健谈。他一直不停地说着牙牙和她的宝马男人，说他的痛苦与失望，我只是默默地喝酒，这个晚上我喝了很多酒，头疼得厉害，却意外地无比清醒。

　　我剃掉了长发，在外面租了房子，从宿舍里搬了出去。我开始逃课，一个人躲在一个小小的空间里画画，看书，睡觉。时间一天一天地重复，我觉得日子好长好长。即使是去上课，我也喜欢坐在靠窗的位置，这样我就能对着窗户傻傻地发呆。

　　偶尔也跟牙牙说上一两句话，但更多的只是在逃避，除了逃避，我什么也做不了。

<h1 style="text-align:center">7</h1>

　　"小西。"我带着我的公文包在公交车站等车去上班的时候，有人在背后叫我，回头看到牙牙，只觉得有点恍惚。

　　牙牙在大二的时候作为我们学院唯一的一个交换生去了德国。这次回来是为了毕业的事情。

　　我们沿着马路慢慢地走着，这种感觉一直没有被我忘却，即使我穿着白衬衫，西裤皮鞋，即使我天天把头发梳得整齐光亮，即使我现在突然感觉到了这个城市的燥热，把领带拉松，斜斜地挂着，像我当年的凤凰相机。我还是无比怀念当年和她一起逛马路的情景。

她是一个女小孩，我独一无二的女小孩，带着灿烂的笑容跟随在我的左右。

一转眼，我们都变得成熟稳重了，不知道该交谈些什么，除了一些平常自己的生活，似乎就没别的话题好说了。对于未来，她说她会再去德国念完研究生，然后可能会去新西兰定居。

我已经在一个广告公司上班，我渐渐习惯了这种生活，虽然辛苦，却衣食无忧，这适合我这样的人的生活。对未来我没什么好说的，可能哪一天，我也会像我的大象一样，消失在密林深处，没有人能找得到我。

只是走过了一个路口，我们都感觉到疲倦了。牙牙站住，拿出手机打了个电话。五分钟的时间里，我们都没有说话，只是并排站着。我看着斑马线，想起她那时候在我背后轻轻地说了一声"Hi"。我突然就笑了，我不知道她在想什么，只是看到我笑的时候她也笑了。

然后，那辆宝马车悄然无声地停在了她的身边。牙牙说："一直没有机会给你们介绍，这是我堂哥。我大一下的时候，他就来这里帮我叔叔打理公司了。爸爸怕我早恋，就让他来看着我。这个是我同学，要好的同学。"

我微笑了一下，他依然是漫不经心的表情。

牙牙坐进去，然后又摇下车窗和我说："你找到你的大象了吗？你找到大象的时候，一定要告诉我。"

我笑笑，看着她在后视镜里轻轻地对我笑了一下。然后车慢慢地开走，不见。我想和她说的，本来有一只大象一直在我的身边，现在却离我越来越远了。

我打电话和公司请了假。回到自己的住处，我把放在衣柜里的凤凰相机拿出来，挂在脖子上。我沿着一堵破败的围墙，踩着一地的落叶，不徐不疾地走着，走着。

　　在围墙的尽头，有一棵不大不小的榕树，围墙里面有一棵不大不小我不知道名字的树。我站住了，然后抬头看了看天，天空阴沉，没有明媚的阳光落在我稚气未脱却满脸沧桑的脸上，头发遮住了我眼珠子的北半球。我，在这个时刻，流泪了。我竟然流泪了，我轻轻诅咒了一声，然后用手揉了揉眼睛，这该死的沙子。

　　我拿起我的相机，想拍下点儿什么，然后想起，这个相机只花了我10块钱，买来的时候就是坏的，不能装胶卷。

　　我从来没有拍下一张照片，所有的一切都在一个既定的框架里进入我的瞳孔，而后消失。她也从来没有向我讨要过我给她拍的照片。

　　我从来不能保留住我的旧时光。我能做的，就是继续在这个森林里走着，期待在下一条分岔路口，能遇见我的大象。

蝴蝶天堂

在理想与现实之间，我们渐行渐远。

不是背弃，也不是迷离。

从最初走到现在。我们以为我们是迎面而来，直至眼前，却突然发现，

我们根本不在一条轨道上，有的只是，擦身而过的距离。

有什么可以改变，让彼此不悲哀。

而我，依然在我的轨道上，寻找大象。

在恍惚中，我想起曾经路过的那座蝴蝶天堂。

1

你为什么要寻找大象呢？

我不知道小太阳是第几个问我这个问题的女孩。

她扎着乌黑顺滑的马尾辫，穿着白 T 恤，背带牛仔裤，白色的帆布鞋。她背着一个绿色的画夹，就像我们处身于此的绿色原野。她安静地站在我的面前，手里拿着一朵小小的太阳花。

或者，它只是你的一次行为艺术？连你自己也不知晓接下来会发生什么的行为艺术？

她说话的样子多可爱。她像一朵小向日葵那样微微地仰头望着我，可我不是，那迷人的太阳。

她很调皮地用那朵小太阳花遮住自己的一只眼睛，然后歪着头微笑。她的脸那么素洁，脖子处的阴影很清晰，锁骨很深。这些明媚的春天的阳光，像水晶片一样飘落在我们的发梢肩头，落在她的眼眸里。在花开的季节，有白的黑的红的粉的黄的花的蝴蝶翩翩飞舞。我忍不住低头亲了一下她的额头。她眨一下眼睛，轻轻地笑出声来。她的眼睫毛那么黑，那么长，像一只刚破茧的蝴蝶，抖啊抖着翅膀，悄然无声地飞到我的瞳孔里去。

2

让我想想。那时候我大三吧。我扮演的角色依然是个美术系的学生，我依然安静、寂寞、幸福，依然喜欢站在一棵树下发呆。

不同的是，我不再喜欢背着一个包包四处流浪。所谓的四处，也局限于我们心中的这个城市而已。我依然享受一个人独处的快感，但我不再把孤独在路上当作我的理想。

于是我的生活变得单调起来，画室，楼顶的天台，图书馆篮球场边上的台阶，在外面租的一个小房间。

我在我的画布上寻找我的大象，我在我的 BLOG 上寻找我的大象，我在三点一线的路途中寻找我的大象。

如此半年。我举办了我的第一次画展——寻找大象。

那时候，小太阳还是这个大学附中高二的学生。第一天，她以校报记者的身份来采访了我。

我给她泡茶。

我跟她说了一些过往。她跟我说，你真是个会编故事的人。

第二天。第三天。她是为数不多的参观者中最有耐性的一个，这让我心怀感激。

在我一个人慢慢地撤展过程中，她站在我的身后，接过画并把它们整齐地放在一起。她跟我说，她喜欢我笔下那些简单乖巧的小人，她想跟我学画画。

她就像是我画里的那些安静的未经波澜的姑娘。我答应了她。

她是我的第一个学生。

在很多的时间里，我们形影不离。

在很多人眼里，我们是美好的一对。可是我们知道，我们仅仅只是师徒关系，她在那边画画，我看着她。偶尔说话，如此而已。

她是本地人，她熟知这个城市的一切，小巷街坊，废弃的铁轨，正在拆迁的建筑，荒野。

我跟她说好，我只带她去画风景。

那些春天的花朵啊，一点儿也不含蓄地撕开自己的身躯，把它们的魂交给每一寸阳光。

可是她却在她的第一张画里画上了无数的蝴蝶。

那些色彩，扑朔热烈，让我为之心动。

如我曾经奔跑不止的理想。

我将她入画。她亦是原野中摇曳的一朵太阳花。

3

小太阳不知道，我画里的女孩，她的脸模糊不清，那是我在岁月里走失的记忆。她是我那么深爱过的一个女孩。

第一次见到她的时候，是在一片阳光和树叶飘落满地的白桦林。那时候我 16 岁。爱情，是那么美好的词，美好得我们把它含在嘴里，在舌尖慢慢辗转，不舍得倾吐，不舍得吞咽。

我第一次尝试用油画来画画，我笨拙地支好我的油画箱，笨拙地架上画框。

她像一片叶子一样，静悄悄地飘到我的身后，她笑我笨拙的样子，真像一只大象。

她穿着白色的裙子，白色的小皮鞋。她轻轻地旋转着身子，裙子也微微地飘起。她跟我说，她叫未未，别人都叫她小刺猬。

她是个跳舞的女孩。有好看的眼，好看的脸。

她站在树下，抬着头闭着眼睛呼吸，她说：你说这么多的落叶，这里真是一座蝴蝶天堂，可我怎么就找不到我的蝴蝶呢？

后来她问我，你画画是为了什么呢？

我想起她笑我像一只大象时眼眸里的光彩。我说，我在寻找大象。

再后来，我把大象刻在白桦树上，她把一只蝴蝶刻在大象的面前。

4

大三结束的那个暑假，我留在了学校。

小太阳说要带我去一个地方，一定会让我为之着迷的地方。

先是半个小时的车，然后我们用1个多小时穿过了小树林、田野、长满野草的废墟。

在我们面前的是一条很长的围墙，墙上有些石灰已经剥落，路出暗红的砖头。她带我来到一棵老树前，从那里爬上了墙头。

墙那边是荒野，是铁轨，是废弃的车厢，是疯长的向日葵，狗尾巴草和太阳花。墙那边的天空特别蓝。

我跳下墙再把她接下来，我们在这里画画，拍照。听她唱歌，就是个无忧无虑的乡村野丫头。

后来觉得累了。

我和她一起坐在围墙上，夏风吹过狗尾巴草，我和她说起了小刺猬，还有她的蝴蝶天堂。

然后我问她，你有爱过一个人吗？

她说有，再过半个小时他就出现了。

她说她爸爸是这条铁路上的员工，小的时候她就住在这附近的管理所。那时候，她就暗恋上了那个站在火车头前挥舞小红旗的少年。

后来，我看到了那个站在火车头前挥着小红旗的男人，不过他已经从一个少年变成了一个老青年。

小太阳也从一个追逐着火车奔跑的少女长成了一个迷人的姑娘。

那真是一个孤独的火车头，发出苍老的声音，慢慢地开过。他站得那么直，在火车的轰鸣声中我似乎还能听到那面小红旗在风中发出的声音。

小太阳很开心地朝他挥手，然后和我说，他是个哑巴，他很善良。他帮助过很多流浪的人。他爱的女朋友从这里被火车带去了远方，再也没有回来。他就一直留在这里，等着她，寻找她。

今天这是开走的最后一个火车头了，这里再也不会有火车经过。我不知道他会站在哪里挥动他的小红旗。其实，他是挥给他的女朋友看的，希望她能看到，回到他的身边。

黄昏的时候，太阳很低很红。映照着狗尾巴草，太阳花，渐渐生锈的铁轨，还有我们的脸，我们沿着围墙慢慢前行的脚步。

我们身边飞舞的蝴蝶。

我们，沉默不语。

5

有雪花慢慢飘落，我们都抬头去看，那么美。我能想到的场景最美也不过如此了。

而她，还穿着白色的裙子，白色的小皮鞋。

天空越来越苍白，我侧过脸对她笑，她有着迷人的眼睛和胸脯。她叫未未。

她从北方以北来到这里，我从南方以南来到这里，我们都是候鸟。我们注定会相遇。

她跟我说，终于等来了第一场雪，在树林里看雪，是很幸福的事，是不是？

然后，我也跟着感觉到幸福了。

"白蝴蝶飞，白蝴蝶飞，飞到天堂里……"

她唱歌和跳舞一样美好。我突然发现自己就这样不可避免地爱上了她。

后来我们经常在这里相遇，就像树林里的大象和蝴蝶。

一只误入蝴蝶天堂的大象。

我永远记得那些日子，我们一起在白桦林里看黄昏，夕阳很美，在树的梢头，火红火红，我挤出来一团没有调过的颜料，很单纯，像某张醉后的少年的脸，镜子里的我的脸。有风吹来，我想起另一张正在慢慢消失的少年的脸。

那么，你能想象出她抽烟的样子吗？

在遇见之前，未未并不知道，我就住在她的对面。晚上，我喜欢关着灯，站在窗口吹风，这样会让我很安静。我看到对面的阳台，她在那里抽烟，弯着腰，用双臂撑着栏杆，头发在飘，火星一闪一闪。

抽烟只是冬天里的一个姿势，是她想要保存的一个姿势。而抽烟的未未只是冬天里的一道风景。她选择每天在那个时候抽烟，我选择每天在那个时候看这道风景，我们都疯狂地迷恋上了夜的味道。它的低迷，它的颓废，最重要的，它的秘密。

冬天是个呢喃的季节，适合悄声低语，适合随风飘去，没有暧昧，也没有疏离。

而未未，在我面前，一直是穿着白裙子时的样子，看上去那么美好乖巧。如那片片雪花，如她歌里的白蝴蝶。

每次，我只是静静地看着她，我觉得我也应该喜欢她，她有迷人的眼睛和好看的胸脯。

我觉得我们是适合在一起的，像现在这样，我可以讲述。她可以倾听。

我知道她身上也是有很多故事，不过她不说我也不问。我们让对方了解的方式不同，我让她听我的过去，她让我猜她的现在。

她是个怎么样的女子呢？一个会在夜里站在窗口抽烟的女子，或者她的心事只是适合无声地让风带走。我们之间，到底还是模糊不清。

可是我们可以这样子在一起。

6

大四的时候，为了小太阳能有好的画画环境，我租了一间大房子做画室，加上小太阳，总共有 6 个学生，他们刚刚开始学画画，我只是摆了一些静物，让他们先找找画画的感觉和没完没了对着同一事物描绘的辛苦与疲惫。

　　我想先让他们发疯。我有一种报复的快感，报复自己过去的生活。

　　我也是为他们好，我要让他们知道，什么叫坚持。我不说执着，我们还不到那个年纪，虽然我已经为此付出了我最好的青春。

　　没过多久，除了小太阳以外，我的那几个学生已经一个一个离开，他们说，他们不能再这样下去了，学不到东西，他们要考试，他们要找能在短时间内让他们可以通过考试的老师，他们并不喜欢画画，他们不知道苏丁和莫兰迪。他们说，老师，我们知道凡·高，知道他的向日葵。

　　多么可笑，他们知道凡·高。或许他们是正确的，他们要考试，考上以后他们就可以不用画画了，他们不要这种单调无聊的生活。我们不说执着，但是依然坚持，坚持着要考上大学的理想。

　　理想，我把孤独当作自己的理想，像现在这样。

　　我开始想念在那片白桦林里，未未就那样一直站在我的背后看我画画，她抱着我，我吻着她干裂的唇，寻找流向南方的河流。我们一开始就这样，无声地在一起，互相索取对方的失落和干燥的灵魂。然后我就听到小太阳在叫我的名字，一声一声，像一双双手把我扔到茫茫人海之中。我觉得我在慢慢流失，找不到一个方向，像一个溺水的人，呼吸困难，意识模糊。

　　我好像一下子又回到了那些过去的时光里，一个人背着旅行包，疲惫地上路。几年了，几年的平静依然让我无法真正释怀，斑驳的阳光，簌簌的风声，开花的树，漫天的柳絮……我觉得时光流逝，不自觉地开始悲哀，感觉有东西我抓不到，有东西正从我身边慢慢地流失，像血液一点一点地离我远去，人开始变得苍白无力，难受得哭不出来。

　　在我快绝望的时候，在人群中我看到了她，一副茫然无助的样子，那熟悉的疲惫让我莫名地心疼。她站在那里，背着一个干净的绿色画夹，然后她也看到了我。

她的笑就像我的救命稻草。她的笑很坚强，是我所熟悉的伪装，用来保护自己，我们都是坚强的人。

我想起她对我说，我叫小太阳。她明媚灼人。

她就坐在我面前，画我。彼此没有言语，她只是看着我，也许这种沉默就是我们要表达的情感，我们之间的距离就像这空空荡荡的画室，很多的风在这里面流动。我不看她，她是个很敏锐的女孩子，看了会产生很享受的痛苦。我眼里有些东西不想让她看清。我看她背后的镜子，关于镜子，我原本有些害怕。我太容易看清楚自己，眼神里的闪烁不定，于是我让自己相信，镜子里的那个人，跟我左右相反。我的目光盯在他那干燥的嘴唇上，我故意不眨一下眼睛，这样容易让我的眼睛微微发疼，让我的眼睛显得很清澈透明，其实这只是多了一层看不清。我这样安静地坐着，给她当模特。苍白的时间就像她在素描纸上的声音，她有一捆早期的苏联的素描纸，小心地用画筒装着。她画画时发出的声音是那么奇特，我从未了解过。

又像是蝴蝶飞过，断掉的翅膀。

她总有寥寥几笔让我感到满意，我看着她的画，然后就开始发呆，想一些空白。有时候我会跟她说些什么，有时候什么也不说，只是接过她的画，在上面修改，她静静地看，然后擦掉重来。

我没有见过这样画画的女孩子，把一张纸折腾得疲惫不堪，然后又小心翼翼地卷起。一切凌乱，却从不舍弃。

7

这是未未第一次来北京，而我，已经是第四次了。有时候我会和她说我过去几年的生活，我们在地铁里弹吉他在火车站画速写。我和狗子。

我们住在白桦林的小红砖房子里，一年又一年，我们都没能考上。我记得我们最后一次走在铁轨上，狗子在铁轨上边走边弹：北京，再见；再见，北京。他的头发在夕阳里飘洒。他挥着手，越走越远。我的背后有一个小木牌，上面写着：禁止通行。

我以为她会问我狗子是谁，那么我会很开心地说，狗子是另外一个老去的少年。我还会这样跟她形容一下狗子，狗子喜欢抽着烟，不说话。狗子的头发很长，遮住了他的脸，看不到他的眼神，烟缠绕着他的头发，像一条舞蹈的美女蛇。狗子会习惯地捋一下头发。狗子的三个手指头是褐色的，像有壳的软体动物。狗子的眼神是忧伤的，明亮的黑色的忧伤，停留在红色的烟头之后。狗子有一个很漂亮的女朋友，狗子很爱她，狗子想念她。

可是她没有问，她只是抽着烟，很长的过滤嘴，她只是说，我喜欢你身上这种无奈和纯洁的颓废，还有你这种平淡的口气。它让我不觉得陌生。

自从雪花不再飘落的时候开始，未未就没停止过在我面前抽烟。

我知道她面对的压力，那种把兴奋拿来煎熬的味道，我是多么地熟悉并且热爱，就像一个上了瘾的瘾君子，贪恋她的每一个忧虑而充满激情的眼神，她的旋转，她的汗水。

有时候我会去未未她们的练舞房，我在那里画速写，我靠着压腿用的栏杆看着她们。这里有大大的镜子，光滑的拼木地板，还有好看的女孩，她们都是好看的女孩。我爱她们。

有时候我也会趴在房子角落里的钢琴上睡觉，我一直是个笨拙的人，笨拙得这么容易就抓到幸福。

快到专业考试的时间。未未一直在排舞，她是适合跳舞的，她有决绝的眼神和好看的胸脯。

常常，我只是待在一个角落里看着她们。她抽着烟，脸上流着汗水。另一个女孩抱着双腿，和她一起靠墙坐着，转过头来微笑地看着她。

她们是多么温柔的人。

8

天气好的时候我会带小太阳出去画风景，去她带我去过的那片荒芜之地，骑着单车，她提着油画箱坐在我的后面。

路上有很好看的风景，阳光很温暖。没有风，却有大片大片的树叶和阳光一起慢慢地飘落，我们在此间穿行，像是穿过一条时光的隧道，我想起那片白桦林，阳光点点，落在我的眼里。

她跟我说，北方已经开始下雪。于是我就开始怀念雪。然而我已经记不清雪的样子了，已经想不起来雪的温暖和冰凉。我不得不承认，我是个善于忘记的人。那年那月，我以为自己无法忘怀。可是当我停下来，回头看我这些年走来的足迹时，那些最深刻的，却最容易变得模糊不清。当我努力地去寻找这些离我渐行渐远的日子时，我才发现我的脑袋疲惫混乱，有着巨大空洞的疼痛。

但是，我始终是面带微笑的。

始终要微笑着面对生活。正是那些疼痛让我学会了微笑，让我懂得如何珍惜，如何忘却。

我笑着看她站在那边很认真地画风景。我已经很久没有认真地画过一幅画了。我不画画。

她画得很好，色彩很漂亮，虽然你怎么样也无法从这里找到她画面上的风景，我相信，只有她曾经一个人到过那里，一个人在那里聆听过大自然的声音。

她画天空，她画铁轨，她画狗尾巴草，但是她从来不画向日葵。

她说，对着太阳，向日葵早已把它的脸转了过去。

9

专业考试之后，未未要回家了。她过来和我说再见，她说，如果我们都能考到北京来的话，我们就一起私奔到白桦林。

未未和我说再见的时候，我再一次想起了狗子，想起他走在铁轨上边走边唱，想起火车从我的身边呼啸而过，我听到狗子说："再见，北京。"

我突然感到了悲哀，有很多的阴影在悄悄地接近我，把我包围。时光一直是这样在不知不觉地流逝，在我们还没有开始的时候，就失去了选择的权利。

未未的眼神凌乱，就像她一直给我的感觉，若即若离。

我们一直是这样在一起。

我看着她，她有那样迷人而决绝的眼神和好看的胸脯。我觉得我们都有足够的残忍。

我们不适合，不是吗？她笑。然后她开始吻我，我感觉我们的眼泪纠缠在一起，流进彼此的血管里。

我爱你，我爱你。我们喃喃地说，可是我们不能在一起。我们是一样的人，我们都太冰冷。我在南方以南，她在北方以北。

我和她一起站在白桦林里看树叶飘落，我和她保持着一定的距离看她，或许她一直只是我的一道风景。她抽着烟，头发在风里飘舞，她说，她有一个男友，叫狗子，前几年就到了北京，要到这里来实现他的音乐理想。他说他会在这里等她。但是他没有实现他的诺言。他曾经说过，要给她写一首完整的歌，叫作"蝴蝶天堂"。

她的声音和烟雾一起轻轻地飘走。知道这么多对我来说已经足够。

她说，或者我们根本不爱，只是寂寞。我们都太寂寞了，容易产生爱的幻觉。

我们都是坚强的少年，坚强地老去。

我转过身来对未未说，我无法不爱你。

就好像，我无法忘记像狗子那样的少年。

10

有时候我带小太阳去打球，她坐在高高的台阶上看，画速写。我会抬头去看她，发现她也在看着我，我想起另外一个女孩，她也会这样看着我，偶尔挥一下手。

她并没有画什么，我看到她的速写本上是一片空白，夹着一片枯黄的落叶，有着褐色的斑点，她说，那里曾经是阳光照耀的地方。

黄昏的时候，我们一起去散步，有时候拉拉手，有时候隔着一定的距离。我喜欢行走的感觉，虽然只是一种自我欺骗，我看路人的微笑，觉得很高兴，好像我和他们不在同一个空间里一般。

我和她一起去书店看书。但是不看，只是在一大堆的书面前站着，随手拿起来翻翻，那种翻书的感觉很好，哗啦啦，很好听的声音，不同的书翻起来是有不同的声音，我有时候就这样给自己开一场演唱会，全部只有我一个人的剧场，那种感觉很空，很安静。

小太阳一边看凡·高的画册一边问我：我们真的了解凡·高吗？

我看着她在她的画夹上慢慢地画上蓝色的向日葵，那种蓝和画夹的绿深深地夹杂在一起，就像是娘胎里带出的胎记。

　　第一次看到她的时候，我就感到隐隐地不安，现在我终于知道那种不安是什么，我喜欢她，她是我那失去的青春的向往。

　　好像很冷了，我开始找出我最喜欢的毛衣，季节越走越凉，故事越来越冷清。喝着白开水，听它流向离心最近的地方，取暖。

　　我的记忆一直停留在那个冬天，有女孩干净的脸，还有女孩迷人决绝的眼睛和好看的胸脯，每个冬天都有很深的阴影，隐藏着不可偷窥的隐私，颜色多么荒芜，又多么纯净，两片发不出声音的嘴唇，多么甜美。没有声音是最美的，这样很温柔，像细长的手指，曾经拂过我的脸，我的青春。我和小太阳一起听一首歌，想起那个女孩沙哑的歌声像树叶飘零的声音，她黑色的长发，她白色的衣裙，旋转，飘起，飘起……

　　"白蝴蝶飞，白蝴蝶飞，飞到天堂里……"

　　我突然间忘记了季节，我问小太阳，冬天过去了吗？

　　我说，我给你说个故事吧。

　　那年，那月，我一个人坐火车去北京，风很大很大，刮走了很多东西。我一个人站在掉满落叶的白桦林中，不远处有一座红砖头的房子。我一直站在白桦林中，一直，等待着什么。

　　那年我 17 岁，最适合谈恋爱的年纪，我一直站着，站着，然后雪花开始飘落，掩盖了一些痕迹。

　　在雪花还不肯到来的时候，我碰到了另外一个少年。一个会弹一首吉他的少年，他说，他跟着蝴蝶一样的落叶到了这个城市。

　　我们一起行走，一起躲到教堂里隐藏自己，看那些圣洁的眼睛，看那一张张婴儿一样的脸，我总喜欢去偷偷看婴儿的脸。

　　台上有个失明的少女在弹钢琴，一群白色的天使站在背后唱《哈利路亚》。

　　他手里拿着一本《圣经》。他说，《圣经》里说，爱如捕风。可是我现在听不到风的声音。

想起这些，我一个人站在树叶飘零的白桦林，听风的声音，等待雪花飘落，"沙沙，沙沙"，黑色的长发，白色的衣裙，然后学会哭泣。

恍惚间，我看到有一个少年，坐了火车来到一个城市。另外一个少年也坐了火车来到这个城市。在白桦林中，他画了一张画，他弹了一首吉他，讲述了一个很平淡的爱情。

而后分开，各自长大。

抬头的时候，雪花飘零。

忽而一季。

11

小太阳也要离开我了，开春的时候她就该去北京了，她是候鸟中的一只。那里的温度才适合她，她们那么一大群孤单的人可以一起取暖，她们 18 岁，或者 28 岁，都把孤单当作自己的理想。

多么美妙的事啊，青春里的忧伤，已经渐渐地离我远去了，我是个标准的大学生，可以喝茶，打球，上网，写字。我画画，可是考上大学我就不会画画了。

我再也找不到那种感觉了。我待在南方的一座城市里，我们这个大学，古老而文明，单薄得你什么也不想去做。

我常常发呆。那一天小太阳问我，你在想什么？你做过什么？你毕业后会去北京吗？

我说，我只是不断地在回想一些事情，本来是想从在北京画画的那段生活开始回忆的，可是我发现那生活太隐秘了，仿佛是一个闸，破了一个小洞，就会泛滥成灾。我害怕这样，因为我不擅长游泳，所以我常做的事情就是在这个堤上来回行走，听听水的声音，有时候也会玩一个小游戏，我是喜欢这样的小游戏的，我喜欢让它来代表我的全部娱乐。我会寻找几片小瓦片，你可能会称它为"记忆的碎片"。我是玩水漂的高手，但总不会无穷无尽，有时候数不清，只是因为我的视力在慢慢地衰弱，看不清太远的东西了。记忆就是很奇怪的东西，如果你不选择在你还能记得住的时候保存下来，很快，它就会躲开你，你明明知道他就藏在你身体里的某处，可是你再也寻不到他。当一样东西刻意让你找不到的时候，你是怎么也找不到的，即使揪住了它的尾巴，它也只会留给你它的背影。

像冬天这样，不知不觉地过去，你只会在突然间觉得要转暖了。突然间打了个哈欠，然后就什么都过去了。

我只是想起，那一年，我和一个叫狗子的少年。我们在天安门广场上放风筝，无数个脸谱，飞得好高好高，我们以为，会被带到天上去。

我给小太阳看了一片 DV，是未未考试时的录像。

未未和另外一个男生一起跳"化蝶"，会场很安静，可以听到统一的心跳，他们的表演很精彩。她急速地旋转，高高地跃起，然后落在那个男生的怀里。我感觉到小太阳紧紧地抓住了我的手。她说，她飞翔的姿势好美，好美。她一直在找一个可以飞的理由，现在她终于找到，原来真正的飞翔不是遨游，而是牵挂，再美的飞翔最终需要的是一个温暖的怀抱。

小太阳和我说：她就是你爱的女孩吧，她那么美。

小太阳走的时候背着她带来的那个绿色画夹，上面有她临摹的凡·高的向日葵。

她说，我们能拥抱一下吗？

她送了一张速写给我，很草，只有寥寥几笔，但我看得出那是什么。她在上面写着：当我会画风景的时候，我忘了风景是什么。

12

我又去了一趟小太阳带我去过的那条废弃的铁轨。看她给我写来的信，她描写的那些生活，和我已经隔得那么远。她说妈妈在北京工作，她也就留在北京了，让我毕业后也去北京，她在那里等我。她说，她遇见过一个跳舞的女孩，人们也叫她刺猬，像我爱过的那个女孩。

毕业后，我按她给的地址回了一封信。我只和她说，我要去寻找我的大象。

我在火车路过一个小站的时候，看到对面火车窗口的那个女孩，那么像未未，又那么像小太阳。

我没有告诉小太阳未未在离开北京的时候，也是沿着狗子离开时走的那条铁轨一直走啊走。她和我说："当我知道我专业过了，而且是第一名的时候，你知道我有多么的哀伤，狗子他怎么就不在我的身边呢？我觉得，我再也没有什么想要的，我失去了所有。"

火车呼啸而过的时候，我听见她和我说："再见。"

我相信，他们都已经到达了他们的蝴蝶天堂。

一路上，我还看到很多挥动着小红旗的人，那其中一定有小太阳暗恋过的那个哑巴。他就在那里，无所不在的地方，寻找着自己的梦里天堂。

湖上的房子

我梦见一个装满水的透明玻璃杯，

我梦见我慢慢地沉到杯底。

我梦见无数装满水的玻璃杯，

我梦见无数沉到杯底的自己。

我梦见阳光和彩虹，

我梦见一滴水从杯沿悄然滑落，

我梦见自己流了一滴眼泪。

我梦不见我的大象。

它像湖上的房子一样消失了吗？

1

人们给了时间一个刻度，时间是一直前进的。可是，在我寻找我的大象的某个时刻，我却认为时间是倒退的。因为，我觉得，大象好像曾经存在于我的旧时光里。

某个时刻的开始来源于我正骑着摩托车去参加初中同学的聚会。我开得很快，我喜欢沉溺在某些幻想之中，比如，大象奔腾而过如同时光飞逝在我的身后，而速度能创造出这样的空间。路边的田野树木和新旧参差不齐的房子从我的眼角迅速地退到后面去。迎面而来的风夹着浓厚的阳光和泥土新鲜的味道莽撞地冲过来，如同逆流的时间撞碎在我的脸上，如同海浪撞击在礁石上。

在过一个弯的时候，我下意识地瞟了一眼路边那栋贴满白色瓷砖的房子，门前有一个熟悉的身影一下子跑到我的眼里。我放慢了速度，压过车头转了个弯，绕到她的身前。后来想起来，这个弯好像充满了神秘的祭奠的意味，仿佛青春里所有的时光都被环绕在了那个优美而缓慢的弧形里。

"左青。"

那个被我称作左青的女人正哼着不知道什么年代的歌，奶着怀里的孩子，被我一叫，明显地迟疑了一下。

"你不认识我了吗，我是狗子啊。"我有点过于兴奋，然后又在一瞬间尴尬起来，用手把长头发扒拉到脑后去，借这个动作来缓解自己的紧张，也顺便打理了自己的情绪。

"狗子？"她显得很谨慎，像是某个即将泯灭的记忆突然在她脑袋里挣扎了一下，带动她的神经，不自觉地笑了一下，我明白这只是回光返照，很快的，在我再次转身之后就会如一支燃烧干的蜡烛，迅速地熄掉，留下一堆再也找不出形状的疙瘩。

她再细看了我几眼后说，"头发留这么长，都认不得了。"

我还想说什么，她怀里的孩子突然丢开她的奶头，开始哭了起来。我这才注意到，她正掀起自己一半的衣服，乳房微微下垂，上面还沾着孩子的口水和奶水，然后我注意到她看那孩子的眼神，像摇篮一样温馨和煦。我想起了那一片湖，还有那湖上的房子，我和她并排躺着，月光落下来，将一切温柔覆盖，周围的水面随着房子的轻轻晃动而荡漾出层层柔和的波纹。远远近近传来一些小兽和夜虫的鸣叫，能感觉到水底不时有鱼群游过，她闭着眼睛，嘴角微微上翘，我咬着一根狗尾巴草侧着脸看她，我一直以为她会就这么睡去了。很久过后，似乎是天快亮的时候，她睁开了眼睛，眼神清淡，如月光般静美安宁，她就这样微微侧过脸来看着我，轻轻地笑了一下。一个夜晚就这样过去了。

我觉得我和她就像是一起躺在大象的背上，走向未知的远方。

而月亮也渐渐地失去了它的光，悄悄地隐去。

她赶紧低下头来，轻轻地摇着怀里的孩子，"不哭不哭，被叔叔吓着了吧，叔叔是坏蛋，留那么长的头发，吓到宝宝了。"

我突然不知道该和她说些什么，一切好像海市蜃楼一样，那样熟悉的场景，永远停留在了我无法到达的地方，我觉得很尴尬，跟她说，"同学还在那边等我，我就先过去了。"

她抬起头来，心不在焉地说，"哦，好，那快去吧，别耽搁了。"

她换了一个姿势抱那个孩子，然后捋起另一边的衣服，继续奶孩子，那个孩子也像一下找到了另一个希望一样，迅速地安静下来，享受他该有的幸福。

末了，她又像是不经意地说上一句，"有空记得过来玩啊。"

我应着声又慢慢地掉过车头，刚好是在原地绕了一个圆圈，把过去和未来都环在里面。

又离去了。

2

十三岁的时候，我在小城山脚下的一所三流中学里念初一，不抽烟不喝酒不打架，是个好孩子。

我成天对着窗户外的天空发呆，班主任曾经用粉笔丢过我，他问我在想什么。

我在那个时候，脑海里出现了一个词，那就是"大象"。或者不是一个词，而是真的一只大象。

有点记不清了，这似乎可以用来做寻找大象的一个好理由。

天空下有一座山，是小城的第一高度，779米，上面有一个高高的发射塔，旁边是电视台。

山脚下有一块草地，是我们上体育课的地方。从学校到那草地要过一座小桥，桥下是一条断流的小河，剩下一塘死水。到了晚上的时候这桥就是谈恋爱的绝佳场所。空气好，夜色好，靠在桥廊上，能看到山顶灯塔的光和大片大片的甘蔗林。我常常逃课，顺着那塘死水旁边的一条小道往水坝上爬。水坝用石条砌成的，很高很斜。

过了水坝，一下子就到了一片新的天空下。天特别蓝，云也特别白。面前有一个很大很大的湖，湖里倒映着山的影子，一片青绿。水面上飘着一座木头房子，靠轮胎和海绵浮着。养鱼人外号叫"秤砣"，他和他儿子住在那木头房里，他儿子比我高一届，放学后就驶着那只小木船，有时候我会让他过来接我上船，和他一起去放渔网，收渔网，在他的木房子里睡上一觉。但更多的时候，我会再往上爬一点，躺在一个山坡突出的石头上，嘴里叼一根狗尾巴草。有时候还可以摘到一些有刺的小草莓，放在嘴里，酸酸的、甜甜的。看着天空，感觉到地球在慢慢地动。

其实做这样事情的不止我一个，还有柳黎生，我们经常不约而同地来到这里。柳黎生是我初中三年的同桌，长得白白胖胖，笑起来有两个大酒窝，显得很腼腆。

我就是在那个时候知道柳黎生喜欢左晴的。

不过那时候，我还不知道左晴就是左青的亲妹妹。

我有一个亲哥哥，比我高三届，练过散打，是当时学校里面的狠角色。我会在放学后去教室等他，让他载我一起回家。那时候的我才一米四多，还不会骑自行车。

第一次认识左青是因为哥哥和学校的另一个人约了放学后到湖边去单挑，叫我在班级里等他，全班的人都走了，只剩下我和左青。

当时左青被评为校花，哥哥和那人单挑也是为了她。

我坐在哥哥的位置上，刚好能看到左青的侧面，看到她那微鼓的胸脯，粉嫩的脖子，在夕阳中闪着金光的细细的茸毛。乌黑顺直的长头发。我觉得她真的很美，很安静，那种感觉就像是我的心里装着一个春天，有新芽，也有满地的落叶，还有一只慢慢走过的大象，离我越来越近，越来越近。

那天她穿着当时最流行的纯白色的牛仔裤。我不经意地看到她的裤子下流出了血，难怪她一直坐着不肯站起来。

她叫我，问能不能把衣服借给她，绑在腰间才好回宿舍。

当时我什么也不懂，乖乖地按她的话去做了。我脱掉我的唯一的上衣给她，然后光着身子等她回到宿舍换好裤子后再拿了一件我能穿的衣服给我。我答应她，不会和任何人说起这件事，包括我的哥哥。

我们就那样认识了。

据说哥哥的那一场架打得异常激烈。最后哥哥打赢了，虽然为此他损失了一颗门牙，但是那个人则被打烂了眼镜，趴在地上哭着向哥哥发誓，不再给左青写情书。

哥哥也因为那场架而赢得了为左青过生日的机会。

左青的生日是在我家里过的。那个夜晚是美妙的，平常不大好意思说笑的男女生也都打成了一片。我的哥哥和她也若有若无地表示着亲热，我偷偷看在眼里，但是我一点不高兴的感觉也没有。那天左青给我带来了我给她的那件衣服，洗得很干净，我一直觉得那上面有一股奇异的味道，那上面是我和她之间的秘密。暧昧的秘密。虽然当时我还不理解这个词，但我知道，大象在向我走来的时候，我觉得幸福离我越来越近。

那个晚上我很安静，我总是偷偷地打量着她，她有着美好皎洁的容颜，一如我对她的美好印象。她的声音，不是很甜美，有点轻微的沙哑，但这声音在我听来反而是最适合她，最好听的声音，那么自然，从她的嘴巴里轻轻地飘出来，跟这乡村的月色一样柔美，像踩在落叶上的脚步声一样让人觉得宁静。我是这样对她有着无比美好的向往。她的眼神跟乡村的星空一样深邃而静谧，表情又像是低低拂过田野的夜风那样安逸羞涩。是的，她是羞涩的，常常是低头间的温柔拨动着我最初泛着涟漪的心。

我和她有了最接近的时候，她说受不了屋里的空气，想要去屋顶透透气。哥哥无法抽身，就叫我带她上去。我家里的楼梯是窄而黑暗的，于是她很自然地拉住了我的手，跟在后面小心地走着。她这自然的动作却让我变得紧张和害羞起来，幸好这黑暗中看不出我脸上有什么异样的表情。这是我第一次这样拉着一个女孩子的手，我们的手心都同样柔软而温暖，像是最适合彼此的温度而微微地潮湿。

到了屋顶天台的时候，我们就放开了手。天台很大，她很随意地在上面走动，然后靠在水泥栏杆上吹着风，和我慢慢地聊天。她微笑地看着我，一手撑在栏杆上，一手弄自己被风微微吹乱的头发。撩人的夜色中，我能看到的只是她眼中的星眸，看起来是那样的迷人。她比我高，稍微低着头，嘴角翘起很适当的弧度。她比我大 4 岁，和哥哥一样的年龄，我无法超越这种年龄，也不懂得，也不敢去表达自己对她的感觉。

只有我自己明白自己喜欢她。

我对她的喜欢是不动声色的，我知道我对她的感情被那天真和稚嫩的外表所掩盖，因此无人可以觉察得到，包括她。

到了该吹蜡烛许愿的时候，哥哥把我们叫了下去，她就站在哥哥的旁边，我站在她的旁边，我侧过脸，可能是烛光的缘故，她脸色绯红，看起来很幸福。她闭着眼睛许愿，嘴角微微翘起，大家开始起哄，然后她吹灭了蜡烛，犹豫了一下，把第一块蛋糕递给了我。那时候她的脸色很红，像半熟的粉嫩的苹果。

这个晚上我们拍了很多照片，我总是站在她的旁边。她的手很自然地放在我的肩膀上，有时候也会摸摸我的头发。我会故意转过脸去看别的地方，其实我一直在感觉着她的存在。她穿的是短袖的 T 恤，因此她经常会不经意地用手臂碰触到我的肌肤，柔滑细腻又有细细的茸毛的感觉，好像她一直明白我的心理，所以满足着我那隐晦的念头。其实我知道不是，她只是无意地碰触到我。

但是我很幸福。

这个夜晚过后，我常常暗自享受左青牵我的手，或是抚摸我头发，用赤裸的手臂碰触我肌肤时的那种快乐感受。像一只蚂蚁从我的皮肤上慢慢地爬到我心里去，像有一只大象一直在我的心里静静地走着。

3

同学聚会在柳黎生的家中，我已经整整十年没有见过他了，依然记得去他家的路。在一些坚固的东西面前，时间也无法改变。

我是最晚来的，一到就被罚酒三杯。当年班上的人并没有来齐，来的多是一些那时玩得好的玩伴。

左晴没有来，意料之中，但也有些微微的遗憾。

柳黎生显得更有福相了。26 岁的人就有了啤酒肚，笑起来活生生像个佛祖。听说他开了一个娱乐城，几年下来也积了不少家当，这次聚会也是他出的主意和钱。

这群人当中也就数他变化最大了，一点也不像那个当年闹自杀的小男生了。

想起那事，我就开始怀疑自己的记忆了。好像已经过去了很多年似的，那些岁月在觥筹交错中一恍惚就再也不见了，所有的人在相互的眼里都有点醉了。

柳黎生坐在我的左边，像我们当年一样。不同的是他一直把手放在我的肩膀上，满嘴酒气地说着一些又酸又咸的话，听得我浑身不自在，只能闷头喝酒。我本来可以推迟不来的，可是却不知道为什么还是控制不住自己。

整个聚会在我看来只是一场似是而非的说笑。

最后大家散的时候，柳黎生趴在我的耳边大声地说，"什么时候去我那店里坐坐，我给你张罗。"

他问我："你，找到你的大象了吗？"

我觉得自己的头有点大了，我越开越快，感觉自己像是要飞起来，又感觉像是睡着了，被什么东西包住了，全身软绵绵的。

我并没有回家，而是径自开到了中学外的草坪上，一下子就躺在了那里。

临近黎明的时候，我被露水打醒了，喉咙里像火烧一样的难受。我爬过了水坝，脱得光溜溜的，一个猛子就扎进了平静如镜的湖里。凌晨的湖水很冰凉，我打了一个冷战，从该死的昨夜中醒了过来，告别酒精的缠绕，甩开双臂，向湖中央游去，而我身后定是泛出层层的涟漪，又迅速地归于平静。

这个时候如果站在水坝上，只能看到一个小黑点，然后这个小黑点又一下子沉到湖里去了。整片湖面慢慢地平静了下来。

我憋着气沉下去，可是我无论如何也到达不了湖底。

一块石头如果无法沉到水底，那它一定会觉得憋闷难受。

初二的时候，我学会了骑自行车。

我开始去柳黎生家里玩，不为别的，就是因为去柳黎生家必须经过左青的家，而这个时候我们都会放慢车速，看一下左家姐妹在不在。

那个时候，我已经知道柳黎生喜欢左晴，但是柳黎生不敢让任何人知道，除了我。

我和柳黎生是班上最矮最不起眼的学生，我们除了下课的时间和几个比较要好的同学一起去打乒乓球，很少和其他人有什么接触。

左晴就坐在我们的前面。左晴长得和左青并不像，还没有开始发育，是个绝对的黄毛丫头，但是她的书却读得特别好，每次考试都拿年级第一，平常很骄傲，喜欢给人白眼。我一点儿也不喜欢她，觉得她跟她姐姐差好多。

而柳黎生的成绩总是排在她的后面，怎么也超不过她。

相对于柳黎生来说，我显得更加调皮，知道她是左青的妹妹后，我喜欢玩弄左晴的辫子，弄几只山上刚抓到的小虫，搞恶作剧吓吓她。而对于这一点，柳黎生很反感，还差点和我翻脸。

后来他终于在水坝上向我坦白，他喜欢左晴，不准我再欺负她，不然就和我绝交。

为这件事，我还偷偷取笑了柳黎生好长一段时间。

可是我却不敢向任何的人承认我喜欢左青。

4

我一下子成了哥哥的跟屁虫。我从来没有这样听哥哥的话，可是这不会让人觉得奇怪。哥哥也不会嫌我烦，因为哥哥本来就没有什么单独约左青出去的机会。哥哥和她出去玩的时候，她总会带着自己的女伴，一路上她总是有意无意和哥哥保持着一定的距离，或者牵我的手，我也总是默默地让她牵着，不加一点儿力气，怕她松了手。

她就像一个姐姐那样关爱着我。

我暗暗喜欢她。自己一个人偷偷知道。

我从初一升到初三，她从高一升到高三。我的成绩一直不好不坏，只是容易发呆，一直在想，为什么我的心里会有一只大象，总是在慢慢地走着，却永远和我隔着无法到达的距离。

什么都没有变化，只是我最喜欢的那件衣服再也穿不下了，却也不愿妈妈拿去送人，一直放在自己的衣柜里，叠得整整齐齐。

两年时间里，哥哥和她一直不温不火，没有什么发展。我比哥哥幸运多了，我一直牵着她的小手，感受她的温度，接受她不时地爱抚。

左青挺喜欢我的，还经常带我去她家玩，她家境不错，在家门口摆了一个桌球台，我就经常和她还有左晴打桌球。左晴在左青的劝说下也渐渐地和我成了好朋友，而我也没有再欺负她了，她不知道这其实是因为柳黎生的缘故。

我曾经在左青家住过一个晚上，和她一起睡一个房间，半夜的时候我睡不着，偷偷侧过脸来看她。当时有月光进来，照在床上。我看着她带着微笑的年轻的容颜，因为热的缘故，她的鼻翼上还有微小的汗珠。长长的眼睫毛随着呼吸微微颤动，胸部也有节奏地浮动。这是个多么美妙的夜晚啊，她就躺着我的身边，睡得那么好，安静甜美。她穿着白色的睡衣，我看着她的纯洁，像白色的花开在月光下，开在我最温暖的深处。我就这样一直看着她，看着她。轻轻嗅着她的发香，连头都不敢转动一下，怕惊醒了她。

其实，我萌生过去亲吻她的念头，但是有这个念头的时候，大象却突然消失了，我的心里一下变得空空荡荡。

我努力让自己平静下来，可是，我再也感觉不到我心里的大象。

初三那年，我和柳黎生都猛地长高了不少，一下子成了父辈们口中英俊的少年了，左晴也开始注意打扮，女大十八变，她一下子也成了学校里亭亭玉立的一朵花了。

开学后不久，我和柳黎生一起到湖边去游泳，那时候水已经很凉了，我们比赛看谁先游到那个木头房子。游到一半的时候，我突然开始抽筋，喝了几口水之后，就往下沉，那时候我觉得自己就会这样死去。我的脑海里突然想到了左青，我放弃了挣扎，慢慢地向水底沉去，我觉得那里就是一片最温柔的地方，我将幸福地窒息。

我感觉有人从下面将我托了起来，然后我就失去了知觉。

等我醒来的时候，看到柳黎生站在我的身边，我知道是他救了我，我眯着眼睛看天空中明晃晃的太阳，对着他笑了。

可是他却一把抓起我的衣领，一拳打在我脸上，我一下被他打蒙了，拼命乱舞着手，而他一边打我，一边骂，"你这个卑鄙小人，明明知道我喜欢左晴，你还要跟我争，也不敢跟我光明正大地说，难怪你天天会往她家里跑，我打死你这个浑蛋。"

我在昏迷的时候，嘴里一定不停地叫着左青的名字，被他听成了左晴。

我不知道该怎么和他说，抵挡了一会儿，终于忍不住和他打了起来。

经过刚才的折腾，我们很快都没有了力气，倒在湖边，大口地喘气，这时候夕阳的光照在了湖里，泛着层层的光辉。

那次我哭了，不是因为身体的疼痛，不是因为临死的恐惧。

我跟他说："你知道吗，我的心里曾经有一只大象，我很幸福，可是我再也找不到它了。"

他说："我的心里，有左晴。"

他说："心里有的东西，为什么会消失呢？"

我说："不知道，可能，是我太想靠近它。"

后来不知怎的，我们打架的事被我哥哥知道后，他教训了柳黎生一顿。

接下来的时间里我们就再也没有搭理过对方。

我开始讨厌起我哥哥来，不仅因为他打了柳黎生，更因为他始终没有能够和左青在一起。哥哥的同桌，那个村长的儿子也在追求她，痴情而狂热。左青没有等到哥哥的表白，就接受了村长的儿子。

当我看到左青和那个人牵着手从我面前走过的时候，我第一反应就是跑去找哥哥，而哥哥正和一群人躲在学校外面的甘蔗林里赌博。

我一直记得，那天我跑着，甘蔗的叶子在我脸上和身上刮出一条一条的血痕。

那天的太阳特别大，我的喘气声也特别大，感觉整片甘蔗林都燃烧了起来。

我仿佛看到了大象最后的影子，我努力向它跑去，可是我跑得越快，它就越来越模糊。

哥哥为此去找那人的麻烦，后来那人的父亲找到学校，哥哥一下被学校开除了。

那一天，我就站在水坝上，看着下面的学校，看那整片的甘蔗林慢慢地燃烧起来，蔓延成一片。

谁也不知道那片甘蔗林是因为什么燃烧的。我也不知道，我只是记得，那天，左青牵着别人的手，从我面前走了过去，回头对我笑了一下，我在那个瞬间，感受到了心痛。我的，她的。

而之前的一个晚上，她还让我带她去了湖上的房子。她说，如果能够这样一直漂泊下去，是件多么幸福的事情。

我也觉得，当时，真的很美好。她像月亮一样静美，我像湖面一样澄清。

她投映在我的心波。

我对她的爱，像湖中的月亮一样，平静安宁迷蒙，在我想去触及它的时候开始轻轻荡漾，然后碎成一点一点，变成时光的碎片。

那个晚上，大象又出现了，不过不是在我的心里，而是我真实地感觉到了它。我觉得我和左青一起躺在大象的背上，它慢慢地走着，走过寂静的森林，带着我们走向幸福的秘密。

左青跟别人谈恋爱后，我还去过她的家，看社戏，我骑车带着她在她们村里面晃悠。

那时候，空气中飘浮着一些潮湿的颗粒，像我印象中的她的茸毛。她坐在车后架，一只手搂着我的腰，那微鼓的胸部不经意间会蹭到我的后背。那时候的我已经有着一米七的个子和宽厚的肩膀。我感觉得到她在哭，可是我不知道说什么，于是我们什么都不说。我把车骑得很慢很慢，我已经熟悉了这里的每一条小路。但是骑了好久，一圈又一圈，还是无法骑到她家门口。她的脸也贴到了我的背后，但是此时我已经感觉到了全身的颤抖。先是从最内心，轻轻地，微微地跳动，然后满面潮湿。我觉得那个夜晚那么美好，过了那晚，我就会再也见不到她。最后我就觉得自己可以骑着车子飞起来，向那圆圆大大的月亮飞去。

我努力去想象一只大象，可是，我真的，再也见不到它。

很快，她就高三毕业了，去了一所很普通的大学。

我再见她就是十年后了。

5

初三快毕业的时候出了一件大事。

那时候柳黎生为了能考上重点高中，住在了学校，我知道不仅仅是这样，因为那时候左晴也住在了学校。

有一个早上我去班上的时候，发现全班都乱哄哄的，原来有人在柳黎生的桌子上发现了他的遗书，跟他同宿舍的人说，他已经一个晚上没有回去睡觉了。

柳黎生在遗书里只是说他感觉压力太大了，而且这个世界的末日快到了。那时候，很流行那本《世界末日预言》的书，所以他决定先走一步，离开这个世界。

后来班主任过来了，带着我们全班人在学校附近找他，然后在湖边的一个草丛里发现了他的鞋子。班主任吓坏了，叫人去找附近的村民过来一起帮忙打捞。

我脱掉鞋子，跳进湖里就往湖中央的小木屋游去。

柳黎生果然在里面，正睡得香呢。

我把他叫了起来。柳黎生告诉我，他向左晴表白，却被拒绝了，他一下子觉得生活没有了意义。

他本来是想把自己沉到湖里的，他希望这样就再也没有人会找到他，但是却怎么也沉不下去。

柳黎生跟我说，我不知道为什么，左晴会喜欢你，你和你哥哥一样，都是不会念书的大浑蛋。

然后他开始哭。

　　他说："心里有的东西，为什么会一下丢失了呢？"

　　后来，柳黎生就退学了。大家都说他是学习压力太大了，后来我还听说他转校了，复读了一年的初三。

　　初中毕业，左晴去了城里的重点中学，我再也没有见过她。

　　我考上了原来中学的高中部，过浑浑噩噩的日子。

　　初中三年，我们之间唯一可以记得的是我和左晴还有柳黎生曾经一起去湖边一个洞里探险，那是一个废弃的防空洞，里面阴暗潮湿，充满腐败的气息。我走在最前面，而柳黎生和左晴并排走在我的身后，他不敢走在最后，而我承认我也是害怕的，虽然没有表现出来。

　　在进入洞中的时候，突然有一阵骚动，然后感觉有无数的东西迎面扑来，那是蝙蝠，黑暗中的蝙蝠，无论是翻飞还是静止，都让人惊悸。柳黎生一下扔掉手中的手电筒，往洞口跑去，而我却潜意识地把左晴搂在自己的怀里。

　　无数的蝙蝠从我身边飞过，带着尖锐的嘈杂声，很像我穿过甘蔗林的那种感觉，阳光的灼热和黑暗的阴靡，但是我的怀里有一股我所熟悉的气息，是温暖的火焰，是大象离我最近时我感受到的呼吸。

　　我一直希望有一天，我能够像现在这样，把左青搂在自己的怀里。

　　我躺在水坝上，早晨的阳光有点痒，弄得我直想打喷嚏。我看到天空依然很蓝，白云依然悠悠飘过，青山依然翠绿。

　　然后我回头看念了九年的学校。

　　我大学毕业的时候，哥哥刚好结婚。哥哥在外面流浪了十年，什么事都做过，谈过不少的女朋友，终于也静了下来。嫂子是媒人介绍的，我跟他一起去买玫瑰的时候问他，为什么决定和嫂子结婚。

　　哥哥说，相亲的那段时间，有一次他和她一起要出去逛街，出门的时候，她弯下腰来为他擦了一下皮鞋，那时候就决定和她结婚了。

我有些话始终没有对他说。

左青当时是那样地爱他。我和她在湖上房子的那个晚上，我听到她对着湖中的月亮说出的所有的一切，还有她在我额头上那像月光一样冰凉的一个吻。她说，你知道吗，我是多么地爱你的哥哥，你不知道你们有多么的相像，你就像他的影子一样，适合倾听。她的泪水也曾滴下来，打碎了我想去触及的湖中的月亮。

那个晚上的所有都跟着那湖上的房子，和我心里的大象一样，永远地消失了。

我只是在她吻我的时候知道，左青从来没有爱上过我。

在哥哥的婚礼上，我不经意地听到哥哥的同学们说起左青的事情，有些是左青那个晚上就跟我说过的。他们还说后来才知道她那时候家里出了事，父亲坐牢了，想求那村长帮忙，所以她跟村长的儿子走在了一起，结果那村长不肯，后来她和村长的儿子也分手了。大学毕业后她就结婚了。她家招了一个上门女婿。她先生了个女儿，几年后又生了一个儿子。

我本来以为自己再也不会见到左青了，她一直是那么纯美善良，让我无法忘记。

大学四年，我交过两个女朋友，多少和左青有点像。我和她们说，我以前的学校旁边一个湖，有机会一定会带她们来看看，那里很安静，很美。

可是，没有人愿意跟我回到这个小县城来。

我站起来看那片湖，湖水在晨光中波光粼粼，湖中的木头房子已经消失了，显得更加平静安宁。

我仿佛看到我的大象，在湖面的倒影。

兔子，兔子

如果你在深夜的森林里遇见一只兔子。

如果它在不远不近的地方慢慢睁开眼睛。

如果你看到了那幽幽的光。

你不要，尝试接近。

假装路过吧。

忍不住回过头来。

你就这样沉默地对自己说：

那只是人间的烟火。

1

我是在冬天的夜里碰见兔子的。我要特别强调的是，那个晚上特别冷，冷到所有的音乐都被冻结成一块块玻璃渣子，而我像一个指挥家样子的雕塑，毫无表情，默然地高高举起我的指挥棒。那个穿着兔子装的吧女醉倒在吧台上的时候，我的手重重向下一挥。那些原本停顿在半空中的玻璃渣子轰然摔在大理石地面上，大珠小珠落玉盘一样发出噼里啪啦毫无节奏美感的声响之后消失得无影无踪。

据说这是这个女人的第一次醉倒，在此之前，有无数的男人醉倒在她的胯下。

其实，吸引我注意的不是那个倒下的吧女，而是让她倒下的那个女孩。她把自己镶嵌着水晶的高跟鞋放在吧台上，给自己点燃了一支"骆驼"，抬头吐了一个圈圈，然后另一只手拿过一杯法国葡萄酒，继续若无其事地喝着。

她微微地，侧过脸看了我一眼。那种眼神，我说不上来，只是她转过脸的时候，刚好有一只黑猫带着萧冷夜风钻进酒吧的小门，对面墙壁上的挂钟敲了两下，余音未落的时候，我发现酒吧里就剩下我和她两个人。

逼近凌晨的沉寂是最容易让人窒息的。当她自己打开一瓶绝对伏特加仰起脖子喝的时候，我听到了火花迸发出来的声音，像是一把火从我的身体内部开始慢慢地燃烧。

我坐在台上的钢琴前，把双手搓热，放在琴键上，沉默片刻之后，十个手指重重地按了下去。

她赤着脚在大理石上跳舞，那些玻璃渣子仿佛又一下从地底下冒出来一般，她踩着它们，放肆地笑着，旋转着。

她看着我，笑着，旋转着。

2

我坐在宽大的红沙发上看电视。

这是我租过的最满意的房子，一百平的房间里只有一台背投电视机，一张红色的长沙发，一个白色的冲水马桶，一个蓝色的浴缸，地板墙壁和天花板都被我漆成了黑色，整个房间里只有一盏落地台灯，和一顶极其复古的水晶吊灯。当阳光从西边的大落地窗照射进来的时候，我醒过来，用遥控器打开电视，电视只有一个频道，这个时间段播放的是少儿学英语的节目。

节目主持人是一个很可爱的女孩子，把自己打扮成一只兔子。

她教那些打扮成各种小动物的孩子们上英语课，一天十个单词。

很多天过去，我认识的动物基本都出现过了，除了大象。

我开始怀疑，是不是我的电视不够大的原因。

我觉得我知道她为什么要把自己打扮成一只兔子，不是因为兔子容易让小孩子感觉到亲近，而是因为她的两个小兔牙。

我相信我是爱上了她的小兔牙，我喜欢抱着自己的膝盖坐在沙发上静静地看着她。

我知道那是录播的节目，她待在那个黑匣子里，和我隔着不知道几个小时的距离。

可是我依然这么爱她。

她就像是，我无法触及的恋人。

有时候我甚至会用手去触摸电视里的她的脸，那静电的感觉让我觉得时光是可以捕捉的。

就好像我相信自己对她的爱是无法克制的。

3

我有一台高倍望远镜。每次她的节目结束之后，我都会站在落地窗前看对面的大楼。

我不知道这个城市里有多少人会和我一样拿着望远镜偷窥别人的生活。

我的望远镜只对准一个地方。

有一个女孩每天这个时候会围着一条浴巾走进我的视线。她把浴巾去掉，先穿上内裤，裸着上身对着镜子打量着自己，她有很好的身材，有很好看的乳房。

然后她开始穿上内衣、裤子、上衣。她的动作是缓慢的，她像是知道我在看着她一样，把最美的角度用最合适的动作呈现出来。

她开始化妆。她有眼袋，她的眼睛总是有些红肿，像一只可怜的孤独的小兔子。

其实她没有我孤独吧。有时候她的背后会出现一个男人。

男人喜欢坐在她身后的床沿上看她换衣服和化妆，一直保持着一种欣赏的微笑，让我想起了自己。

男人的年纪要比她大一些，或许还要在"一些"上再加上一些，男人不高，长相一般，但是他身上拥有一种男性自信成熟的魅力。所以他在她背后那样毫不忌惮地打量着她的时候，我并没有感觉到特别的难过。

虽然，我很想从她后面，慢慢地抱住她，把头埋进她的秀发里，用力地嗅她的香。

4

她旋转着，来到我的身边。

我把节奏放慢了下来，她也慢了下来，等我只用一个食指弹奏一些简单的音符的时候，她在我的身边坐了下来。

她喝了一口伏特加，突然侧过身子吻住我，酒从她的嘴里流到我的嘴里，有一股奇异的香气在瞬间燃烧了起来。

我的手不自觉地划过钢琴，从高到低，我们都被欲望俘虏了。

她还是醉了。

她用双手环住我的脖子，说了几个我不懂的单词，然后她和我说：

"和我一起跳舞吧。"

我低头刚好看到她眼睛里有一层隐约朦胧的雾光，吸引着我。她的头发顺直，在酒吧暧昧的灯光中闪烁着酒红色的光，她穿着黑色低胸的裙子，裸露出白皙细腻的脖子和肩膀，乳沟像半涨开着的玫瑰，留下了恰好让人想入非非的空间。

我的眼神又回到她的眼睛上来，那层雾光在我眼神游离的时候已经消失了。她倔强地盯着我，用她黑暗的眼光肆无忌惮地吸引我。那里有很强的磁性，让我想起我用手指去触摸刚刚关掉的电视机屏幕上的静电。

我们就这样拥在一起，不说话。她把她的头靠在我的肩膀上，她的身上有一股很轻飘的香水的味道，带着潮湿的气息，若即若离地把我包裹住，让我有去寻找源头的欲望。

在我偷偷亲吻她的头发的时候，她说："你爱我吗？"

我蠕动了下嘴唇，发不出声音。

她又自嘲地笑了："爱吗？我只是你从新西兰运回来的一只兔子而已。你说，一天是兔子，一辈子都是兔子。当时我以为你是要我一辈子和你在一起。可是现在我明白，兔子永远只是兔子。"

5

我背着她，走过那条有着昏暗路灯的石板路。

墙头有大片的三角梅，在灯光里显得暧昧而拥挤浮躁。

半路的时候，突然毫无预兆地下起了暴雨。这个南方的城市已经两个多月没有下过雨了。雨水从她的身上淌下来，把我们溶在了一起。

到家的时候，暴雨停了，天空呈现出透明的黑色，可以看到银河，星光璀璨。

她是彻底地醉了。我把她放在蓝色浴缸里，替她解开衣服，打开莲蓬水龙头，小心地帮她冲洗着身体，她的身上有一些暗褐或青紫的伤痕。

我用大大的浴巾包裹住她，把她抱起来，放在沙发上。

她似乎已经熟睡过去了，可是她又在梦中伸出手搂住我的脖子，不肯放开，浴巾从她身上慢慢地滑落到沙发下，盖住了一旁的落地夜灯。

不知道是什么时辰，她轻轻拿开我的手。

我听到她站在我的身边看我时发出的声音，听到她解手的声音，听到马桶冲水的声音，听到她赤着脚走路的声音，听到她用手抓自己头发的声音，听到她穿衣服的声音，听到她打开门又轻轻关上的声音。

我睁开了眼睛，阳光刚好从窗口射了进来，天空格外晴朗。

我裸着身子在房间里慢慢地走了一圈。这里的每一个角落里似乎都还留着她的气息，和阳光中的尘埃一样，轻轻地飘浮着。

我坐在沙发上，打开电视。

节目刚刚开始。兔子女孩的周围围坐着各种各样的小动物。

依然没有大象。

我开始想，为什么一直以来，我这样等待大象的出现，或者我应该对着她，问她："你见过大象吗？"

这个时候，她用英语给他们说了一个小故事，她说，鸵鸟把头伸进一个小洞里，就以为别的动物都看不到它了。

那些小动物都笑得很开心。

我对着她，轻轻地笑了。

然后突然觉得有些悲伤，这种悲伤就好比她眼睛里一闪而过的光，不可捉摸，又凌厉冰冷。

6

我靠近电视，轻轻用手去抚摸她的脸，我想起女孩子有伤痕的身体。

这个时候突然跳闸了，屏幕闪了一下，聚成一个小白点，迅速消失在黑暗中。她在这个瞬间似乎对我笑了一下，我不敢肯定，因为消失得太快太突然了，她的形象像是一下子从我的脑海里被抽走一般，我陷入一片空白之中。

我走到落地窗前，看着城市的繁华，心里默念着流逝的时间。下班的高峰期，堵车堵得厉害，所有车的后车灯都亮着，像一条红色的长龙，把这个城市点燃了。

我靠近望远镜，看到她刚好光着身子慢慢地走了出来。

她看上去并不急于把衣服穿上，她把双手十指紧扣，垂在两腿之前，那么安静，仿佛深陷一场甜美的回忆之中。

男人出现在她的身后，坐在床沿，低头抽着烟。

他们在说着什么。

女孩开始穿上衣裤，男人上前抱住她，女孩子在奋力挣扎。

男人放开了她，转过身背对着她。

一会儿之后，他突然转过来，动作变得野蛮近乎粗鲁。他扯掉她的衣服，两个人扭打着，倒在了床上。

我希望我的望远镜能变成一把狙击枪。我想看到鲜血从两具肉体上流到洁白的床单上，像一朵花那样盛开。

我离开望远镜。我觉得我拥有一只狐狸的悲哀，自作聪明式的可怜幻想，自我虐待式的变态无奈，自作自受式的孤独沉陷。

我闭上眼睛，我看到了她那双红肿的眼睛，里面像是燃烧着的森林，有无数的影子从里面奔跑了出来，而我，看不到大象。

7

我的酒吧在晚上 9 点的时候准时开门营业。这条幽静的小巷隐藏在城市的一隅，就像是森林中的一条小径，而我的酒吧就像是路边突自长出的蘑菇，偏偏又有一个虚张声势的名字——"大象酒吧"。

几乎没什么客人来光顾，而那个喜欢穿着兔子装的吧女（其实是一个啤酒推销员）在醉倒的那天之后，再也没有出现过了。

酒吧里的设备渐渐地都被我卖掉了，包括桌椅，只剩下了一个吧台和一架钢琴，有足够的空间让她跳舞。

她偶尔会来我的酒吧，我在等待她喝光我的所有存酒。

她却再也没有喝醉过，她清醒无比地问我："你为什么要给酒吧起这个名字？"

我说："我开这个酒吧，就是为了寻找我的大象。"

"那你找到你的大象了吗？"

"我曾经以为自己找到过。"

"大象应该不是真的大象吧？是一个女孩吗？"

"我忘记了，我不知道自己遇见过大象没有，不知道自己是因为丢失了所以要寻找还是从来没有拥有过所以要寻找。看到那张画了吗？我原来以为大象在那画里。看见那本书了吗？我原来以为大象在那书里。看见那只酒杯了吗？我原来以为大象在那杯子里。看见那架钢琴了吗？我原来以为那四条腿就是大象的腿。看见了你，我以为，大象就是你。"

"我让你失望了，不是吗？那你觉得我是什么？"

"你是一只兔子。"

"为什么我是一只兔子，而不是一只大象？"

"不知道。"

8

我们在黎明即将到来的时候，一起穿过小巷来到我的住处。

她有时候会要求我在路灯下亲吻她，在拐角处给她一个拥抱。

她喜欢躺在我的浴缸里，让我从后面抱着她，细细地跟我说她身上伤痕的每一个来历。

她说她在很年轻的时候，偷渡到新西兰，在一个酒吧里当吧女。其间有一个男朋友是个调酒师，教会她调酒也教会她喝酒。有一个男朋友是当地的小流氓，偶尔贩卖毒品，教会她抽大麻和欺骗。和一个警察有过短暂的关系，教会她恐吓和皮鞭。还和一个好友一起跟一个小足球明星过夜……

她说在她对一切都麻木的时候，遇见了一个来新西兰旅行的电影系的学生。他把她带回中国，把她很隆重地介绍给了自己的朋友。他纯洁得像一个小孩子，迷恋她到了每时每刻都要和她待在一处。这让她受不了。他的老师跟她许诺，介绍她到电视台工作，有机会的话，还会给她演电影的机会。

于是她跟着他来到了这座常年潮湿的南方小城。

但是他有极强的控制欲，自己又不肯安分。她就像生活在一个鸟笼里，把自己撞得伤痕累累。

她跟我说她突然觉得那些人都真正地爱过她。

她不明白为什么会在偶然经过我的酒吧时推门进来，不明白为什么在新西兰的日子怀念酒精。

她说有那么一刻，是我的酒吧把她真正从新西兰抽离出来的。

我很开心她这么说。

我和她并排坐在沙发上看那个少儿学英语的节目。

她和我说，在此之前的好多年里，她从来没有看过电视。

她跟着电视里的女孩一起说单词。她的表情很认真，仿佛电视里的女孩离她很远很远。

直到有一天，她突然转过身子对我说，改天你上节目吧，你可以扮演成一只大象。

9

我用望远镜看那个房间的时候，她没有照镜子，而是光着身子，面对我站着，招手，笑，跳奇怪的舞蹈。

她也会对着我说话，她努力用口型来表达。多天之后，我把她的口型理解成"兔子不吃窝边草"。因为再也没有比这更顺的句子了。

在一大段的时间里，我再也没有看见过那个男人。

她看上去比我孤独，此刻，我能看见她，而她，只能感觉到我的存在。

在她建议我去扮演大象的那天，她没有离开我的住处。我和她一起用望远镜看那个房间，男人带回了别的女人缠绵。

我们轮流着从头看到尾。

她亲吻我，然后跟我说，她要离开这里了。

我并没有挽留，很多事情，从开始的时候，我们都心知肚明。

我只是出于礼貌性地问她想去哪里。

她跟我说，狡兔三窟。她自有她的去处。

10

我酒吧里的酒已经被她喝光了，等我再次离开这个酒吧，它就不再属于我了。

午夜有风吹开酒吧的小门，外面的街道很安静很安静。路灯的影子拉得很长，我听到有空空的脚步声在门口停住。沉默片刻之后，又转身，消失在小巷的拐角处。

那脚步声听起来像是大象踩着满地的落叶离开的声音。

我把酒吧的招牌卸下来，挂在我的住处门口。

11

我没有像她说的那样，去那个电视节目，扮演大象。

节目也换了一个主持人，把自己打扮成一个外星人，我再也等不到我的大象。

之后，我的电视接收不到任何的信号了。

她的消失是那么的不可控制，就好像我和她一直隔着不知道几小时的时间一样。她一直存在于我之前。

我所能捕捉到的，只是她留下的影像。

出不出现在她。看不看在我。

12

男人依旧是那个男人，只是他观看的女人已经换了一个。

我把望远镜移开那个窗口之后，我就再也找不到她了。

我的对面有密密麻麻的楼房，密密麻麻的重复的窗口。就好像森林里的树叶一样。每一片后面，都隐藏着一个世界。

我把望远镜反过来，这个世界离我越来越远。如果有一天她看过来，是否会觉得，原来我离她，那么近。

狐狸少年的婚礼

不能在黑暗中睡去，
我必须在黎明前去等待爱情。

1

17岁那年，我做了一个梦。醒来后，有关梦的一切我都已经忘记，只有一个不知名的东西一直卡在我的喉咙里。在我张开嘴巴的那一瞬间，那东西一下就逃逸不见了，只发出蹬踏在我心头上的两声脚步声，听起来像是大象跑起来的声音。

于是，我想去寻找大象。这便成了我第一次离家出走的理由。

在我走到第一条小巷的拐角处的时候，我遇到了那个叫狐狸的少年。在此之前，我曾遇见过叫老虎的少年，遇见过叫狼的少年，但都没有一个人比他给我的感觉要来得深刻。

叫狐狸的少年那个时候正坐在天台上的葡萄架下。

"酸的，一定是酸的。"他口里念念有词。然后他低头看到我，和我说："你敢不敢和我打赌。这葡萄一定是酸的。"

我抬头看了看天空，天空晴朗得让人想哭。于是我和他说："那你敢不敢和我打赌，现在要下雨了。"

他看着我，然后咧开了嘴巴。"那我该结婚了，我想拿一串葡萄去当聘礼，你觉得怎么样？可惜这葡萄是酸的。"

他刚说完，天空就下起了太阳雨。

那个下午，我就一直和他坐在葡萄架下。看了一会儿太阳雨，看了一会儿彩虹。

临走的时候他和我说："你做我的伴郎吧。"

我说："好，不过我要先找到大象。"

他说："我知道大象在哪里。"

2

他带我拐了几道弯，来到一堵破败的红砖墙后面。他让我爬上墙头，然后说："看到那个秋千架没有？再过一会儿她就来了。她应该就是你要找的大象。"

我对他的话很是怀疑，我的不相信有很大的原因是我不想我的第一次离家出走就这样草草结束。

不过我还是很享受和他一起在这里等待的感觉。空气有足够好的湿度，墙头的草看上去又是那么青嫩可人，空中还留有淡去的彩虹的迷离色调，像用水彩直接画在了玻璃上一样。

这一切都让我心甘情愿地和他一起保持安静。

很长的一段时间，我会不时地悄悄地低下头去，用一种近乎儿童的目光来好奇地打量他的认真。他的表情不是期待也不是羞涩，是一种很复杂的感觉。怎么说呢，像是一只狐狸在树下等待落叶一样，那么自然却有着不可思议的浪漫。我想，也许正是因为他这种奇怪的表情才让我的心也变得纯净起来，让我觉得自己就是一个在树林里迷路却依然内心喜悦的儿童。

然后，他突然开口自言自语地说："为什么每次这个时候，我都会怀念那串葡萄呢。它是酸的，可是我不在的话，一定会有人去偷摘。"

一切变得神秘兮兮起来。我回头的时候，发现那秋千上不知道什么时候已经坐着一个女孩。

女孩看上去十五六岁的样子，穿着校服，白衬衫，有粉红的领结，还有黑色的裙摆。那双红色的小皮鞋看上去那么善良。

可是，为什么她就是我要寻找的大象呢？

狐狸少年跟我说："你看到她的发夹了吗？她的发夹就是一头大象啊，多可爱。当然，那并不能说明她就是你要找的大象。"

然后他很神秘地趴在我的耳朵边说："她后面的脖子有一个胎记，就是大象呢。"

她的脖子那般白皙细嫩，头发又乌黑顺滑的，我不大相信他的话，"你怎么知道？"

他很开心地和我说："这本来只是我一个人的秘密，不过现在就是我们两个人的秘密了。原来秘密有人分享是这样的好。"

我相信狐狸都是狡猾的。他告诉我这个秘密后，我就再也走不开了。

得到一个秘密，就像是得到一种诅咒。没有解除之前，谁也走不掉。

我和他说："你这么狡猾，当心走路会摔倒。"

刚说完我就感觉到自己说错了话，果然，他的脸色变得很黯然。

3

从黄昏开始，那个女孩子开始唱歌。狐狸少年告诉我，她唱的是《大象之歌》。

她轻轻地晃荡着秋千，歌声也很轻，轻到我只能听到几个音符。我听不懂歌词，于是狐狸少年就翻译成故事给我听：

"森林里有一只最最喜欢唱歌的乌鸦，但是它唱歌的时候，所有的鸟都来啄它的羽毛，其他的动物都跑得远远的。可是有一只大象不会。这只大象会让它躲到它的耳朵里，让乌鸦唱歌给它听。这只乌鸦觉得很幸福。可是有一天，它没有再飞去找大象，它难过死了，从此以后，它就再也发不出任何的声音了。那只大象不知道为什么乌鸦不来找它了，于是它就去找乌鸦，但是它没有问别的动物乌鸦在哪里。大象就这样一直孤独地在森林里走。森林寂静极了，寂静得让大象的眼泪落了下来，泪水变成了雨点。其实大象不知道，那只乌鸦一直悄悄地跟着它。乌鸦离开大象是因为，它觉得其他动物因为大象跟它在一起，所以也不和大象一起玩。而大象找乌鸦是想告诉它一件事情，那就是大象其实是聋子，听不到乌鸦唱的歌。大象太孤独了，谁也不愿意和它玩，而乌鸦又愿意天天陪它，所以大象就觉得很幸福。后来乌鸦不来了，大象以为乌鸦知道了自己是聋子，所以不来了。大象去找乌鸦，就是要和它说声对不起。但是，大象真的希望和乌鸦做朋友。"

我很奇怪，狐狸居然能听得懂她唱的《大象之歌》。我觉得他是最能说故事的狐狸。不过我很喜欢那只乌鸦，努力做自己喜欢的事，即使只能得到一个知己，即使那只是自己自以为是的知己。

后来她问我叫什么名字的时候，我跟她说："我叫乌鸦。"

她笑了，然后又哭了。

不过，那是很久以后的事了，久到我再也见不到狐狸少年的时候。

女孩离开后，狐狸少年把我叫了下来。他让我这个晚上一起住在他的葡萄架下。把那种地方当作我第一天离家出走的住处，想来，也真是不错，我没有拒绝的理由。

在路上，我碰见了老虎少年和狼少年。他们用很不屑的眼光看着我和狐狸少年。

　　他们问我："你为什么要和他在一起呢？"

4

　　我为什么不能和他在一起，因为他是个日本人吗？

　　狐狸少年一个人住在这个大房子里，他说这次是放暑假，自己一个人跑回来的。

　　那个晚上，我就和狐狸少年一起躺在葡萄架下看星星，他和我说了好多事情。

　　其实狐狸少年并不是真正的日本人，他是跟妈妈改嫁到日本的。

　　这里是他原来的家，葡萄架也是他和他爸爸搭的。他们一家彼此很相爱。但是在他八岁那年，爸爸因为一场车祸去世了。

　　两年后，妈妈改嫁给了一个日本人，要带他一起离开这里，去过新的生活。但是他不肯，因为这里有爸爸的气息，还有属于狐狸少年自己的秘密。

　　他和我说："你想知道为什么我知道她脖子上有一块大象的胎记吗？"

　　我侧过身子，用右手撑着自己的头看着他。他一直保持一个姿势，眼睛看着葡萄架外的天空，他的眼睛亮晶晶，他的样子可是真秀气。

　　"我和她是青梅竹马呢！那时候她是短头发，那胎记很明显的，我老是欺负她，说她是长鼻子的大象，每次把她气哭了，又要买棒棒糖哄她开心。后来我干脆给她买了大象发夹，让她蓄起了长发。"

　　他说着说着就笑了起来，"你不知道她有多可爱，有一段时间，她老是拉我在这里看月亮，还要用手指着月亮，她说奶奶说用手指着月亮，鼻子会被割掉，这样，我就不会有长鼻子啦。"

听他这么一说，我也忍不住笑了起来。

他突然指着天空说："你看，流星，流星。又来不及许愿望了。"

"以前我们经常躲在这里看流星的。后来，我妈妈要带我走了，她还和我说，以后她会经常看流星的，给我许一个愿望，也会给她自己许一个愿望的。"

这时候，我感觉到脸上湿湿的，是露水。狐狸少年和我说："又快秋天了啊，在树叶还没有飘落的时候，我就感觉到了秋天的到来。其实，在每个人的心里都有一个季节，冷暖自知。"

然后狐狸少年就问我说，"那你为什么要离家出走呢？你心里最潮湿的季节是哪个？"

狐狸少年没等我回来就睡着了，睡着的时候，他那长长的眼睫毛一抖一抖的，嘴角边还挂着小小的酒窝。他可真是好看的狐狸少年。

5

我为什么要离家出走呢？

如果他没有带我去看她的时候，我一定会很认真地告诉他的，因为我需要一个人来听我说话。

但是见到他之后，我就觉得自己是一只乌鸦，我的秘密要死死地咬在嘴里，不能被他得到。

我不能告诉他，我是因为我女朋友要和我分手，我才决定离家出走的。那是件多么幼稚的事啊！

而且，她不给我任何分手的理由。她只是给我打了一个电话说："最近我想静一静，你不要来找我，好吗？"

她跟我说"好吗"！

我能拒绝吗？在那之前，我们是多么地快乐啊，一起上学放学，一起在她家的后院荡秋千，一起去看流星。

我怎么可以告诉他，他带我去看的那个女孩，就是我的女朋友呢。

她是我一年前刚认识的女孩。爸爸妈妈为了能让我上重点中学，于是就搬家到了这里。我和她成了同桌。

她是那么忧伤的女孩啊。她的忧伤让我想照顾她。可我不知道她的忧伤从何而来，她也从来没有告诉过我，她的童年里有一个青梅竹马的男孩。

我怎么可以告诉他，她荡秋千的时候是那么的开心，她许愿望的时候是多么的认真。

我也不能告诉他，她经常流露出来的忧伤。

我是多么喜欢她啊。

这个时候，我听到狐狸少年说了一句梦话"葡萄是酸的"。

于是我想，那葡萄会不会在我说梦话的时候，刚好掉进我的嘴巴里。

6

狐狸少年第二天依然带我去破墙头那边看她，听她唱"大象之歌"。

狐狸少年总是仰着头对着我自言自语地说话："她现在是不是长得很高了啊？她还是那么瘦吗？"

我趴在墙头上很安静地看着她。我从来没有在这个角度看过她。她忧伤的样子，让我想起了自己第一次见到她的感觉。

那时候，我是个多么坏的小孩啊，就像乌鸦一样令人讨厌。爸爸妈妈以为把我送到重点中学里去读书，我就会变好。

他们是对的。

在新去的学校里，我碰见了老虎少年，碰见了狼少年，他们的身上都有在同龄人看来觉得近乎传奇的经历。他们知道我很坏，一直想让我加入他们。

可是，在此之前，我碰见了她。她是唯一一个不讨厌我的女孩。

她让我从我自以为的叛逆中脱离了出来。她帮我复习功课，她教我怎么温柔说话，她教我怎么尊重别人。

她让我知道，荡秋千和看星星，原来也是件简单而又快乐的事。

是的，她给了我从来未曾有过的真实的快乐。于是，我觉得，我们是在恋爱了。

而现在我才知道，原来，她真的是大象，我真的是乌鸦。

可是，我们就算在一起，又有谁能懂得谁呢。

我突然开始有点不知所措，我突然开始觉得，狐狸少年是我的敌人。

他让我对我和她之间的感情产生了怀疑。他让我失去了和她在一起的信心。或者，她从来未曾把我当作过她的恋人吧。

他一早就知道我和她的事吧，所以他这样不动声色地把他们那么深刻的记忆置放在我的脑海中。他真是个狡猾的狐狸。

回去的时候，我们又碰见了老虎少年和狼少年，他们把我拉到了一个角落里，他们问我和狐狸少年在一起是不是有什么阴谋。他们知道他一直对她有想法，因为他们跟踪过他好多次。他们说可以帮我的忙，替我出面去教训他。他们从来没有放弃过让我加入他们，他们知道这次是让我加入的最好的机会，因为我原本是最受人讨厌的坏小孩。

他们心底想着的事情，我也知道。他们想替我教训他，是因为他是一个日本人，这样他们在学校里就又多了炫耀的资本，是另外的传奇了。

可是，他并不是日本人。我只知道，他是她青梅竹马的男孩。

7

我和狐狸少年在葡萄架下告别。我说她不是我要找的大象，我要继续离家出走，去更远的地方寻找我的大象。

狐狸少年让我最后陪他一个晚上，他明天就要回日本了。他说，他只是想来看看她，看她过得好不好。

半夜的时候，他让我带他去了她家的后院。从一个他知道怎么进去，我也知道怎么进去的从未关上的门。

他让我把他从轮椅上抱上了秋千。

他和我说："其实，那时候我很不想离开她去日本，于是在临走前想爬墙去找她。结果脚滑了一下，掉下来摔断了腿。"

他说："那样，我只能离开她。可是我是多么想念她啊，我想回来看看她是不是还是原来那个快乐的女孩。"

那个晚上很安静，有萤火虫。他荡着荡着，就哭了起来。原来秋千架就对着他那有葡萄架的天台呢。

她一早就知道了他要回来，她一直在等他来找她。

她想知道，他为什么要不辞而别。

第二天醒来的时候，狐狸少年已经离开了。他给我留下了一张纸条："葡萄是酸的，因为我没有勇气去尝。"

8

我的第一次离家出走就这么结束了。回到家我做了一个梦，梦见自己是一只乌鸦，蹲在树枝上，下面有一只忧伤无比的狐狸，抬头看着我。

开学的时候，我再一次见到了她，我并没有告诉她有关于狐狸少年的事，没有告诉她狐狸少年坐在轮椅上抬头看着葡萄时说的话，没有告诉她狐狸少年在围墙下抬头看着我的眼神。

倒是她，和我说起了狐狸少年，说起了他们的童年。然后她问我："为什么他要不告而别呢？为什么他明明回来了，也不来看我呢？他难道忘记了，他亲手栽的葡萄有多甜？"

我说："我是乌鸦。"

我给了她一串葡萄，我一颗也没尝过。因为我知道，我不是该吃这葡萄的人。

她先是笑了，然后又哭了。

高考毕业后，我们去了不同的城市。我知道她不是我的大象，我不是她故事里的乌鸦。

我的大象，到底在哪里呢？

和她在一起的最后的那一年里，我一直咬着我的秘密。我必须沉默不语，我知道那个狐狸少年，他就在那里，抬头看着我。

那是在青春梦里的一次行走。

我曾经在阳光灿烂的日子里路过一座森林，下了一场太阳雨。在那里，我目睹了一个狐狸少年的婚礼。

隐形人

我在一条蛇的肚子里。

谁也看不见。

1

现在的我一个人居住，在原来大学的旁边，同学们大都已经找到并适应了新的生活。

我靠写作和画插画为生，我的房间很小，隐藏在这个城市的某个居民区里，三楼。窗户和其他家没什么区别，只是没有装防盗网，我不喜欢那东西，觉得像是一个个笼子。

我的书桌挨着窗台，好空气的凌晨，我不想写字了，就会坐在那上面，可以看到以前大学的校门口和旁边那条白天无比繁华的学生街，那里安静得很，仿佛世界原本就是这样的。

这个时候，如果有人从那苍白的路灯下走过，抬起头来，可能也会看到这个在恍惚间存在的窗口，如同一只惺忪的眼，而我坐在中间，像是瞳孔那样。

每个天气晴好的午后，我会靠在书架上，头微微地歪着，很舒服。

我可能会想到一些事情，想到一些人。我不知道，自己会享受多久这样的安宁。我想，每一本书都能体察到我现在的心情，是沉默的，安静的。窗外的阳光很好，风也很大，树在摇晃，大大小小的鸟在叫着、跳着。

黄昏的时候，我会走很久的路，很慢，听着歌，似乎，我是一个隐形的人。在这个世界上，有多少个隐形人呢，做隐形人该是幸福的吧。特别是可以听着歌走很久的路的隐形人。

我总是会在学生街对面的路口停下来，那边人头攒动，如潮。

我会站上很久。

我要去哪里，我能去哪里。

我为什么要站在这里？

2

我一直是他们的观众，站在台下的某一处，没人会在意到我，像个隐形人。

那个时候，我大三。

他们中的两个比我还小，是这个大学附中的学生。

他们的乐队叫"隐形人"。

是在一次偶然的机会我才知道了这个地下的演出场所。那是一次涂鸦比赛，朋友拉我一起来参加，奖品是一打啤酒，其实主要就是大家一起玩儿，顺便给这个空间装饰装饰。

涂鸦完了有一些乐队即兴演出。乐队成员大都是这条街附近大小学校的学生。

那时候我才知道，这条街里隐藏着这么多活色生香的人。

这条街是这座城市最有名的一条街，就叫学生街，黄金时间段这里几乎就是处于饱满状态，有个比喻是，只要你往上一跳，你就会被挤在半空中了。

　　这条街主要卖一些廉价的又讨学生喜欢的东西，吃的，穿的，还有很多小饰品，理发店和文身贴纸、美容指甲的小摊以及花店等，很符合现在学生们的消费能力和品位，是这个城市学生文化的标志性地域，有时候也能引导起这个城市的某种潮流。

　　比如，有一段时间突然流行起两条白色杠、色彩单纯鲜艳的光滑面料的运动裤，让我不禁联想起小学时代最风靡的红绿蓝运动套装以及后来的踩脚健美裤。流行总是不断反复着的。

　　非非有一次站在街口处和我说，你看，这就是学生街的街裤。

　　她也穿着一条，是最常见的粉红色。

　　白色帆布鞋，金色大挎包，紫色低胸小背心，蓬松的头发，叮叮当当响的饰品，妆化得就像是一个芭比娃娃。

　　要不是那天我看到她站在台上，即使像现在这样并排在街上走着，我也绝不敢相信她就是我的学生。

　　那个不爱说话不爱笑未满 16 岁的高二女生。

3

　　浓密的假发，黑色紧身的超短连衣裙，粉红色裤袜和金色高跟鞋。她站在麦克风前，低着头，脸隐藏在阴影里。

　　她是乐队的贝司手兼二主唱，浓艳的嘴唇里发出清澈的声音，整个乐队的基底也因此是透着天真单纯的清澈。

　　鼓手阿德，是乐队里年纪最大的，大胖子，长头发。已经大学毕业了好几年，他是乐队组建者，也是整个乐队的支撑。

　　吉他手亮子，大一的时候辍学回来，这个地下演出场所就是他家自己的老仓库。

主唱迷佳。一个清秀的男孩子，很瘦很瘦，高三的学生。

演出结束后他们找到我，说喜欢我涂鸦的风格和感觉，说想自己去录一张唱片，到时候请我来设计封面和 CD 内页。

一起在学生街口的大排档上吃烧烤喝啤酒。阿德搭着我的肩膀满口烟草味地介绍他们给我认识，他脸上的青春痘就像晴朗的夜空缀满了星星。

非非。

她举了举手中的酒瓶子，老师好。

他们几个对她的称呼都很惊讶。我也才敢确认她真的是我的家教学生。

后来，阿德给我指了很多摆摊人。那些是玩街舞的。那些人每天晚上在黑暗的地方亮一盏小灯卖几件真假参半的外贸衣外贸鞋。那边的几辆车是那几个人的，身边的女孩是附近的大学生，外语或者舞蹈系的。那些最花哨的是理发店的伙计……

亮子滴酒不沾，偶尔和我们说说话。

迷佳不爱说话，不吃东西只喝酒。

说到很冷的笑话的时候，非非会大声地笑，看到我在看她的时候就和我碰杯，她戴着紫色的隐形眼镜，看不到真实。

她抽烟的姿势很熟练。她用的是我送给她的打火机。

午夜的时候大家才散伙，迷佳骑电动车送非非回家，她坐在车后座上，用手指转着假发和我告别。

马路上的路灯显得有些困倦了，一批批的人慢慢地隐入到黑暗之中去。

学校已经关门了，亮子邀请我可以和他一起睡一个晚上。我以要回去洗澡换衣服为由谢绝了他的好意。

想要爬上围墙的时候，我看见了四只小猫，它们沿着墙头慢慢往前走，一样的步伐，保持一样的距离。前面三只都无声无息地跳入围墙那头的黑暗之中去了，只有最后那只停了下来，蹲着看了我好久才站起来，轻轻地叫了一声，走了几步之后也跳到那黑暗之中去了。

我爬上围墙，回头看到对面居民区还有一个窗户亮着灯，似乎有一个人坐在窗户的中间。

我也跳进那黑暗之中去。

它们早已经消失了。

4

非非是我第一份家教教的学生。

基础绘画。中介跟我说那个学生比较难教，不爱说话，有点孤僻。已经换了几个老师了，很喜欢画画，却不喜欢按那些老师的指导去画画。

中介给我介绍过她的家长，妈妈以前是个空姐，现在自己开了一个女子美容美体会所。继父是本土一个 DM 时尚杂志的老总。

第一次见到她是在她家里，还穿着黑色的校服。一个人坐在阳台上用油画棒在一张黑色卡纸上画画。她画的是大象，她画的全是大象。

她低着头，耳朵里塞着耳机，甚至不抬头看我一眼。

她的妈妈给我拿来一听可乐就到客厅去了。

我也不说话，就站在她的身后看着，她画画的时候很用力，小小的肩膀会微微地颤抖。油画棒颜色很难融合在一起，她就用指甲把那些脏掉的颜色刮掉，重新画，再刮，再画，很快，她原本粉红透明的指甲缝里都塞满了颜料。

我拍拍她的肩膀，她摘掉右边的耳机，依然没有抬头。她把音乐开得很大，我能听到 HIM 的歌。

有打火机吗？我说。

我这里不准抽烟。她依然不抬头看我。

我不是想抽烟，我给你变个小魔术。

她终于抬起头来看我，她的眼睛很大，眼睫毛也很长，一副稚气未脱的容貌。你靠这个骗小朋友？

试试，怎么样。

她把曲起的双腿放平，从阳台上轻轻地跳下来，然后从抽屉里掏出一盒火柴给我。

红色的火柴头，很长的柄。

火柴行不行？

都可以。我说，并让她拿着那张卡纸，然后划着火柴，我看到她的黑瞳孔里闪出蓝色的火焰。

我把燃着的火柴靠近那张卡纸的底部，慢慢移动地烤着。渐渐地，卡纸上原本粗糙生硬的颜料笔触变得柔和了很多，我让她继续在上面画画，颜料比之前能更容易地融合在一起。

我捕捉到她脸上轻微变化的表情，很天真很好奇，但是也很细微。

那个下午，她就一直画着那张画，让我不时帮她烤一烤。

她画的是一条幽深的小巷，紫色的路，高大的墙壁，小小的窗口，还有一个没有五官的女孩站在巷口，穿白色的连衣裙，赤脚。

我们很少说话，即使在后来的几次家教课上。我只是从她的画面上捕捉她心理上的一些变化。

我没让她画那些静物石膏，没让她练习用铅笔打出一排排整齐的线条。全中国有几十万的人每天都在用铅笔在纸上打着线条，想想那些声音如果集合在一起……

在第二次上课的时候，我送了一个小小的打火机给她，铜制的，在一次旅行的途中买的，上面的花纹已经被我用磨砂纸磨掉了。我自己不抽烟，只是因为没有那种习惯。

不管她想用什么东西画画，不管她画出什么样的大象，我都不会提出任何意见。她依然塞着耳机，但是她开始会轻轻地哼着歌，好像我并不在她的身边一样。

她妈妈和我说，我是能和她相处最久的一个老师。

我问非非，为什么只画大象。

她说她喜欢大象。

我问为什么。

她说不知道，就是喜欢。她又说可能是因为小王子的缘故，她觉得自己就是那条蛇，想要找到一只可以被她吞掉的大象，然后就一直在一起，都不再动弹了。

她第一次画出了一张不是大象的画，临摹的是《小王子》里的那张画，一顶"帽子"，我想。

她说：这是我第一次知道隐形的意义，你看，你看不到大象，但我知道，它就在那里。我一直想要把那肚子里的大象画出来，可是我知道，我怎么画也不会是那只大象，因为它是隐形的。我就这样子画一辈子的大象，画得越多，就越接近那只大象，不是吗？

5

我们的课程一直都很轻松，有同学形容说是"放养"。每周一上午，专业老师会进来和同学喝茶抽烟，聊聊天，布置作业让学生去画，说有什么事直接打他电话，然后就要等到作业评分或者应付学校领导检查的时候才会再次出现。这种方式也是两大欢喜，学生们反正都不用担心专业挂科，乐得自在。老师也可以有足够的时间搞他的创作或者是赚钱的活。

白天的时候，我经常会去学校对面小山坡那里的一个废弃的老教堂里看书，画点风景油画和速写，经过学生街的时候会去亮子的小店坐坐，专门卖盗版 CD 或者一些走私碟。

亮子很健谈，不见外，天南地北都能乱扯一通，人又很幽默，很讨小女生的喜欢，不时都有女生进来和他打打招呼，开一些小玩笑。

从他那里我知道了关于迷佳的一些事。

迷佳和我是邻居，小我 6 岁，是跟在我屁股后长大的，第一次翘课，抽第一口烟，交第一个女朋友都是在我的指导下完成的。还有，迷佳是学生街玩"97 拳皇"玩得最好的两个中的一个，熟练掌握所有的简招，一只手能放倒半条街。我就是他的唯一对手，哈哈。亮子冲着一个露出股沟蹲在地上挑碟片的女孩挤眉弄眼。

迷佳和他妈妈是死对头，他妈妈是音乐学院古典民间音乐的博士生导师，他偏要在家里整天用家里唯一值钱的那套音响听摇滚，只听外文歌也只唱外文歌。母子俩天天吵架。

其实，那是他们之间表达爱意的一种方式。亮子说。他们只能通过极端的矛盾和争吵来证明彼此的存在。他们在这个城市里相依为命，他妈妈把所有一切像压赌注一样压在了他身上，而他内心里除了他妈妈，一切都不重要。

那么非非呢？我问。

非非，你不会以为这两个小家伙在谈恋爱吧？亮子笑着说。那个小女孩没人知道她在想什么，还不懂男女之事吧。你知道迷佳有多讨女孩子喜欢吗？他的姐姐足足有几十个，他在去年还抢走了我的女朋友，哈哈，你不信吧。这家伙，后来跟我说，是为了报复在三年前，我摔坏了他很喜欢的一张唱片。

或者，迷佳和非非在一起，所有人会觉得那是最合理、最正常的吧。迷佳甚至说，以后就找非非结婚，这样，他妈妈会放心点。而他和非非结婚后，依然可以两个人各自玩自己的去。

他们两个人谈恋爱也是老师跟家长都能接受的。现在的中学生要是没有那么一点感情事，反而会被认为是性格有问题，甚至有断臂倾向什么的，比如天天和我在一起。所以他们就干脆走得近点儿，反正也在同一个乐队，做事情什么的也比较方便。话说回来，要是两个人真发生点什么了，也很正常，是不是？

6

我从来没见过非非的继父，而她妈妈也只见过那一面，后来都是通过电话联系。他们似乎并不在乎我能不能教非非什么，只是觉得我挺可靠，而非非也不讨厌我。说白一点，我更像个周末下午的保姆，以老师的身份替他们陪她。

第二次过去，从小区的小花园里就能看到她坐在窗户上。门铃按了很久，我甚至都放弃了，坐在楼梯上发呆，她才慢吞吞地过来开门，不再穿着黑色的校服，而是一件很大的白色 T 恤包裹着她小小的身躯，戴着大大的耳机，赤着脚。

再后来我甚至会带一些电影碟片过去和她一起看，她有很多布偶，有时候也会很大方地分我一只。渐渐地，她不再那样面无表情，她很喜欢看恐怖类、冒险类的电影，整个人躲在沙发里，拥着布偶们，只露出一张小脸。看完之后她就会打开冰箱然后坐在地板上吃掉一大盒的冰激凌，吃得像一只小老鼠。

那些时候，我都感觉到自己像是隐形人一样存在于她的世界里。那种感觉很奇怪，既有觉得自己被冷落的不甘，又有那种可以光明正大偷窥她的日常生活的欲罢不能。

我心里感觉到轻微的悲哀，即使我可以如此亲近地坐在沙发的这边，可以毫不掩饰地直接转过头去长时间看她，她的表情随着荧光变幻，那么天真又那么复杂。

我却永远猜不透是不是我自己想得太多。我却永远无法得知她的内心。

我很奇怪，在她家里基本看不到照片，客厅里没有她父母的结婚照，她自己的房间里也没有一张她自己的照片，也没有任何的海报。除了大大小小的布偶，她的房间实在是简洁干净得很。她的画具和画好的画也都收藏在一个大塑料箱子里。

似乎，她是把自己和心里的一切也都隐藏起来了。

认识他们乐队之后，我就开始征得她妈妈的同意，带她去小教堂那里跟我一起画画。从她家出来，要坐很久的公共汽车，是新换的车，异常干净，窗户明亮，空调也够冷。我们一起坐在最后排的座位上，路很陡，坡路也多，司机不时会紧急刹车，她便歪倒在我的肩膀上，或者紧紧抓着我的手臂，像个真真正正的小女孩，软弱，需要依靠。

她很喜欢这里。

她难得会主动告诉我自己的想法。从走过那条狭窄却落满阳光的小巷，一推开那个生锈的大铁门开始，她就爱上了这里，或者，那个时间，阳光刚刚好，落叶也刚刚好。她听着的歌也刚刚好。

教堂是哥特式建筑，尖顶，有阁楼，窗户坏了，斜斜地挂在屋顶上。

大红的木门被锁上了，玻璃上的色彩已经剥落，她踮起脚尖刚好可以看到里面，所有的桌椅都已经不见了，空空旷旷的大厅里铺着的是木地板，阳光透过天窗，刚好落在对面墙壁上的那张破旧的圣母像上。

院子里有一棵香樟树，树上缠绕很多青藤和苔藓植物，不时会有树叶飘落下来，踩上去会发出生脆的声响。也有一些果子掉下来，发出"啪嗒"的声音。我们就在斑驳的阳光里支起画架开始画想画的一切。

有时候不想画了，她就在这个院子四周慢慢地走，唱歌或者站在我的背后很认真地看我画画。

有时候，她跳到铁门上，双手抓着铁条，让我推铁门。铁门的轴还很灵，很好推。

那样，她就像是在荡秋千。

黄昏的时候，我们离开这里。在小巷的尽头我会给她买一杯奶茶，然后和她一起等公共汽车。她会在车后座上透过窗户对我招手，用口型说，老师再见。

后来的每个星期，她都会带一只不同的小布偶来这里。

7

他们的排练不定时，每次亮子都会打电话给我。

我会和一些女孩子一起坐在台下看他们，或者充当唯一的观众。

阿德有一个女朋友，总是一个人待在一个角落里，照镜子，或者涂指甲油，不停地打电话，不时把阿德拉到一边对他撒娇。

女孩们多为迷佳而来，但他并不领会她们，只是闭着眼睛握着话筒唱歌，沉浸在自我的世界里。在休息的时候干脆躲在一边看美国小说或者日本的 H 漫画。倒是亮子每个休息的空当儿都会挤到她们中间去，不时发出一些笑声，不时占了哪个人的便宜被笑着追打。

亮子换女朋友的速度快得惊人。

非非要戴着假发才能站在台上，即使是练习。

这些都只是日常生活而已。

没女孩在的时候，亮子就和我侃，言语间充满了对阿德女朋友的鄙视，说那女的太上不道了，除了长得好看点儿，其他的一无是处，明眼人一看就知道纯粹就是势利女，大家玩玩就算了，也真不知道阿德是被她什么给迷住了，好像还真的动了真格。

或者，阿德就是爱她吧，有时候这东西是说不清楚的，突然就爱上了，其他的就看不到了。我说。

切。亮子很不屑。他还真的是爱上了。爱啊，爱个妖精啊，爱个骨头啊。

他这样唱起来的时候，眼睛还和阿德女朋友的眼睛对上了，两个人都带着挑衅的意味。

非非用我送她的打火机坐在台阶上抽烟，有时候招手让我过去，教她变一些简单的扑克魔术。

在我大一的时候，曾经为了追求一个中文系的女生，学过街舞，也学过轮滑，但是最后还是通过视频学了不少小魔术，我手上的感觉比全身的协调性要好很多。可是当我能变出玫瑰花的时候，那女生已经和他们的团委书记或者学生会主席在一起了，据说那人会写诗，经常把写给她的诗歌发表在校报上。

我有点儿后悔，当初为什么不去写诗，虽然那是很过时的手段，但是也会显得我更有忧郁的气质。

非非在变魔术这方面是属于天分奇差的那种，所以我总是很容易看到她睁大的双眼。"为什么会这样"变成了她的口头禅。

排练完大家就各自散了，阿德率先开着大雅玛哈带女朋友飙了出去。迷佳则骑着电动车送穿回校服的非非回家。

有时候亮子会和新认识的女朋友留下来。

有时候跟我去打篮球，在一个很偏僻的小球场，几乎没有其他人，篮板固定在一棵大榕树的树干上，破裂的水泥地上总是有很多落叶。亮子说自己是中学时校篮球队的后卫，可是现在他和我单挑上一会儿就喘得跟一条狗似的，坐在树下大口喝水去了。

亮子说小时候经常带迷佳到这里来玩，那时候小迷佳的爸爸妈妈刚离婚，变得很孤僻，只跟他一个人玩，晚上也不大肯回家，他妈妈总会找上半天才发现他就一直跟在她的身后。

我不知道，我带他一起玩音乐，是对还是错。那时候他才念初一，我们一起玩的几个都觉得他声音很有感染力，说让他试试，结果就玩上瘾了，更有了和他妈妈对抗的方式。

而关于乐队的组建，很简单的关系是，阿德是亮子最初学吉他时那个老师的哥们，而非非是阿德当时开办的乐器培训班上的学生。阿德一直靠卖乐器和教小孩子赚钱。

8

我没想到的是，非非的学习成绩非常好，她的妈妈后来在电话里问过她的一些情况。

她说，你是老师，也比较年轻，跟她之间可能会比我们做父母的有多点儿的沟通，她好像很喜欢你。非非的成绩很好，班主任说以她的成绩考上一个名牌大学没问题。我让她学画画，其实就是怕她念书念得太死板了，要调剂一下，你也知道的，现在这个社会，只会念书是没用的。

不过说回来，我不喜欢她在外面玩七玩八的，和一些杂人待在一起，怕她容易变心。比如以前教她音乐的那个老师，就曾经和我提过要带她加入乐队什么的，说可以推荐她当个签约歌手，很有前途的，他说她不玩音乐太可惜了。话说得好听，也想得很好，可是谁不知道那东西会害死人的，我年轻的时候也认识不少搞音乐的，哪个不是觉得自己是最有前途的，最后还不都是被音乐玩了，做明星那都是骗人的话，不适合我们家非非。我可不想让她沉迷，还是希望她能顺利考上一个名牌大学，以后找个好工作嫁个好老公就好了。说到让她学画画，我是想这东西比较安静，能转移她的兴趣，收收心。你要多帮我看着她，她如果还有跟那些乐队啊什么的混在一起，你一定要告诉我。当然了，如果非非她能顺利考上大学的话，我一定要给你包个大红包的。

我跟非非说了她妈妈跟我说的这些，非非笑着问我想要那个大红包不，想要的话她就会考上个名牌。

那个时候，非非已经很喜欢我给她看的一些画册了，对当代艺术里的一些影像和行为感到好奇并着迷，而且会冒出很多有意思的想法。

比如她每次都会拿一只她的布偶到那个废弃的教堂那边，让我用DV拍。

她把布偶扔向天空，接住，再扔……一次比一次用力，却一次比一次缓慢。小布偶在空中旋转着，掉下来。天很蓝，云很白，屋顶是尖的。

在镜头里，她在扔的时候是开心的，接住之后看着镜头的脸却是没有表情的。

她给这一个系列起名叫"谋杀与拯救"。

而在和她相处的一年多的时间里，我们在这个城市的很多地方拍过照，最繁华的街道、城市的屋顶、广场、公交车站、快餐厅、坊巷、公厕、城郊的田野……

　　她总是用同一个姿势一动不动地站着。眼睛很大，盯着镜头。每一张的照片后面都写着："我是一棵树。"

　　非非和日常我所见到的那些女孩子们没有什么区别，喜欢好看的小东西，有自己经常光顾的店，只吃某一家的冰沙，知道哪里的卤肉饭最好吃……

　　有时候我也去她的学校门口接她，在成群结队地穿着黑色校服的女生中，她一点儿也不起眼，甚至是因为她的校服一直没有自己动手改过，而让我比较容易看到她。在匆匆忙忙奔出校门的学生中，她保持着一副乖巧安静、不爱和人打交道的样子。

　　她的老师会把她叫住，说几句话，是微笑温柔又充满爱意的眼神。看到我，以为我是她的堂哥，会用本地话向我打招呼，并告诉我她的成绩一直很好，不用担心。我并不是很听得懂本地话，大多以微笑应付，而她也会微笑着抬头看我，不怀好意的样子。

　　非非很少和我说她的家庭的事。

　　我只是很奇怪她们家为什么看不到照片。她不在意地说，全家人都不喜欢。

　　其实，非非经常带我去吃凉茶的地方，东西做得并不好吃。但是她会不经意地去看对面的写字楼，下班的时候会有很多人走出来，也有很多车。

　　我在想，那里，一定有她期待看到的人吧。

9

　　时间过得很快。我在学生街附近的小区租了房子，居住和工作室，我越来越过不惯群居的生活。

迷佳也马上就要参加高考了。

越是这样，他跑到亮子仓库这边的次数就越多。仓库没有人整理，因为空荡荡的，到了晚上反而变得异常压抑，他经常晚上一个人躲在那里，也不开灯，黑乎乎的，戴着大大的耳机一个人拿着一瓶洋酒在那里唱歌。

高考前两天，迷佳跑到这边排练已经一整天了。那天就我一个观众，坐在下面用蜡笔在速写本上画他们。

有一个中年妇女站在我的身边，穿着朴素，有点儿肥胖有点儿高大。那个时候我根本就想不到她就是迷佳的妈妈。

她不动声色地站了好一会儿，亮子发现了她，戛然而止，其他人也都跟着停了下来。迷佳还有点恼怒地看着亮子，以为他又像往日里那样，看到美女丢了魂。

亮子对他抛了好几个眼神，迷佳才发现他妈妈就站在下面。

迷佳跳下台来，"妈，你怎么来这里了。"

我抬头看了看她，看不透她脸上的表情。我有点尴尬地站起来，说"阿姨好，您请坐。"然后很自觉地离开。

他们先是说了几句什么，然后开始在那里激烈地争吵。一会儿之后，迷佳转身就走，并很用力地甩上了仓库的门。

阿姨颓然地坐在我刚才坐着的椅子上。

台上的三个人眼神交流了一下，非非脱掉假发，来到阿姨的身边，和她轻声说着话，并递给了她一张纸巾。

那天晚上，阿姨把我们几个都请回了家，亲自下厨做饭给我们吃。

迷佳始终一个人躲在房间里不肯出来，像个耍脾气的小孩子。

是学校早期分配的单元房，每个房间都很小，就书房特别大，像个图书室，放了好几排的书架，上面摆满了书。

除了客厅里的那架钢琴，看不出有什么值钱的东西了。要算的话，就是沙发的一边摆了很多学生寄给她的卡片。

非非后来跟我说，她非常喜欢这里。她也很喜欢迷佳的妈妈。

嗯。我也很喜欢阿姨，是个很有修养的人，是我在这个大学里遇见过的真正的教授，就是我没上大学之前曾经想象过的那种，热衷于专业研究与教学。

但她依然是一个可怜的女人和为儿子操尽了心的妈妈。

她也非常地喜欢非非，那天，我见到了非非作为一个小女孩的羞涩与乖巧，在吃晚饭的时候，两个人互相夹菜，像是真正的母女。

后来，她真认非非做了干女儿。

那顿饭大家吃得也不尴尬，她几乎没用任何谴责的语气和我们说话，只是问了大家一些简单的问题，平常的工作和学习，以及一些音乐方面的讨论，她说她有一些学生现在都在音乐公司啊什么的工作，可以推荐他们参加一些演出，看有没有机会出专辑。

迷佳高考的时候，我们都去了，陪着她和无数的家长一起站在铁门口，伸长了脖子等。

10

你说，我以后真的嫁给迷佳好不好？非非在那边咯咯地笑着。

非非趴在我工作室的沙发上翻一本画册，戴着一副宽大的太阳镜，两腿有节奏地翘起来敲下去。

自从认识了迷佳的妈妈以后，她变开朗了不少。

她已经放假了，因为迷佳要高考，大家暂时不再排练，她几乎每天都和我待在一起。

坐在窗台上大声地唱歌，和外面那棵大树上的小鸟打招呼。

在我的背后看我画大油画，偶尔也过来涂上几笔。

在房间里走来走去，和迷佳的妈妈通电话。

自己一个人趴在沙发上看书，等我画完画回过身去看她，她已经那样睡了过去。

夏天，她的鼻尖很容易冒汗。我轻轻地在她旁边的地板上坐了下来，悄悄地看着她熟睡的样子，眼睫毛微微地颤抖，皮肤细腻透着少女的红晕。有时候帮她把几根湿了的头发拨到耳朵后面去，有时候拿起一本薄一点的书轻轻地给她扇扇风，她会很舒服地动动柔嫩的嘴唇，像婴儿。

有一次，我正看着她发呆的时候，她突然醒了过来，张开大眼睛，我清晰地看到了自己。彼此对视了很久，她突然脸红了一下，然后迅速地在我的脸上亲了一下，又马上从沙发上跳了起来，在那边看着不知所措的我哈哈大笑，我要告诉我妈妈，你是个色狼老师。

后来，我让她坐在窗前给我做模特。

她开玩笑地问我是不是要画人体，我亦开玩笑地说，我不画还没发育成熟的人体。

她假装恼怒，还说要脱了让我看看是否已经发育成熟。

当然，一切都只是在说着玩笑话。有时候，她看到一些时尚杂志里的人体也会惊叹，说要让我在她身上画一样的图案，说要让我给她也拍一组更美的照片。

我答应着，说等我有了自己的摄影棚，等她完全成熟了，就让她做我的专职模特。

她做模特的时候还是很敬业的，或者她早已经习惯独自坐在一个角落里，发上半天的呆。

有一次，她听着歌，脸看着窗外，阳光透过纱窗落在她的身上。在安静了很久之后，她突然转过脸来问我。

你为什么不找个女朋友？

我正在画她光滑的额头，愣了一下，并没有做出回答。

可惜我已经跟干妈说要嫁给迷佳了，不然可以考虑以后嫁给你。她在那边自言自语。

有些晚上，她也住在这里。

这栋楼房的旁边有一座不大不小的庙，屋顶就靠在我的阳台边上，乌黑的瓦片，用砖块和水泥固定在那里。

我们会在半夜的时候轻轻地爬到那屋顶上去，坐在屋脊上聊天。四周都是高大的楼房，难得会看到星星或者月亮。

偶尔有猫闯上屋顶，开始的时候还不敢靠近我们，时间久了，也能放松地悄无声息地从我们身边走过去，跳进下面那条幽黑的小巷。

她也张开手臂跟在它们的后面摇晃着在屋脊上走来走去。

11

迷佳还是高考落榜了。他不想再念书了，妈妈也不再说什么，放他去玩自己的音乐。

趁着暑假，阿德跟他们提出去酒吧驻唱，赚一些外快的时候，大家都同意了。非非以要陪爷爷奶奶住一个月为名，从家里溜了出来，而我也和她妈妈说过，暑假可以让非非去我的工作室念书，画画。那里很安静，她一个人老在家里待着也不好。

不知道为什么，她妈妈特别信任我。

没两天就开始正式的驻唱演出了，原来，阿德早已经联系好了酒吧。

没什么事的时候，我就以乐队助理的身份过去，帮他们打理一些东西，其实大多时间就是坐在旁边，拿着一支小啤酒混过一个夜晚。

这是一次彻底失败的实践演出，不是在自己的音乐上，而是在观众上。

阿德的女朋友总喜欢带一些她的女伴来，偶尔还有几个学生街小男孩，大声说笑，常常惹得旁人侧目。他们的消费自然还是要花钱的，这些都要阿德来付账，和当初的赚钱计划相去甚远。

亮子对她越来越不爽，有几次都忍着，才没和她闹起来。阿德也感觉到了他们间的不愉快，其实他也不满意自己女友的做法，但是又没有什么合适的解决办法，他和她说起不要老带人来玩的时候，她就说，我这还不是为你们来捧场啊，有什么了不起，大不了我自己埋单。最后还要说，这里愿意给我埋单的人多了去了，信不信？

他无法改变她，却又离不开她。

酒吧里想搭讪亮子、迷佳和非非的人有很多，形形色色，有时候推脱不过，总得过去喝杯酒，赔个笑。遇上醉鬼了，还要被缠上半天。

亮子不能喝酒，一碰杯子就脸红脖子粗，但是他有自己的处理方式，倒还很快就适应了这种生活。只是迷佳和非非很快就开始厌倦了，毕竟他们并不想以此为生，而且讨厌这些地下美人鱼似的人类蛆虫。可是他们已经和酒吧签了一个月的合同，又不能说不演出就不演出了。

只好将就着。

每次演出完毕之后，我们都会去附近的大排档吃夜宵。迷佳不再送非非回她爷爷奶奶那里，而是由我来送，因为离我住的地方比较近。有时候实在晚了，非非干脆就住在我那里，她睡我卧室的单人小床，我睡在工作室的沙发上。

后来，亮子还是忍不住爆发了。

在吃夜宵的时候，女朋友撒着娇跟阿德拿钱，因为她刚刚看见了酒吧刚结算给他们的一星期的演出费用。

亮子骂了一句，然后拿起一个酒瓶子砸在了她的身边。

他们当场就愣了，然后阿德说，你小子没喝酒怎么就醉了，又没人惹你。

亮子说，老子不爽，看不惯你这鸟样。

阿德的脸青了一下，关你屁事，少给我来这套，你那点鸟样我还不清楚，没少在女人身上花钱，今天还管到我头上来了。当初要不是我拉你一把，说不定现在还傻乎乎地跟在人家大姐身后打转，什么时候被人做了都不知道。

亮子说，干，别提那以前的事，老子现在就是看不起你，怎么着。

这个时候，阿德的女朋友也壮起了胆子，瞧你这德行，吃不到葡萄说葡萄酸的。

亮子指着她的鼻子说，我干，别以为男人都吃你那一套，你不要以为你是女的我就不敢揍你。

那女的说，你不要以为我不敢和阿德说你调戏过我。

亮子一巴掌就抽在了她的脸上。

阿德和他扭打在一起，桌子都掀翻了。

12

在非非高三上学期快结束的时候，非非的妈妈和后爸离婚了。

非非打电话的时候，跟我说人在教堂那边，让我过去。

远远地，我就看见她穿着一件肥大的白T恤，站在铁门上，自己用脚在地上用力一蹬，向前滑去。

教堂不远处是工地，有高高大大的黄色吊脚架，在空中慢慢地移动。

想起这里也快拆迁了。想起非非曾经和我说，哪一天一起偷偷溜到那吊脚架上去，在高空行走一定是件很快乐的事情。

我在她的身边站住了。铁门慢慢地滑过来，她看了我一眼，没说话。我轻轻一推，铁门又滑开去了。

她在我眼前晃过来，晃过去，轻轻地说：

今天我妈妈又去办了离婚手续。

你说，我穿这衣服好不好看，很舒服的，像裹在棉花糖里，我一直以为那就是安全感呢。

这是我继父的衣服，他们不在家，我就跑他们房间翻出来穿，被我妈妈看到了她就会骂我。

我恨我妈妈比恨我爸爸要多点，因为我跟她一起。我恨我妈妈要比我继父多一点，因为他不是亲爸爸。

妈妈骂我的时候，我甚至幻想自己是洛丽塔，继父会杀了妈妈和我私奔。可是他爱上了他们杂志社的一个模特。

然后她又问我，你能不能带我去私奔？

她滑到我面前，突然从铁门上跳了下来，然后拉过我的手，跑到教堂门口。你能不能把这个门打开，我们一起进去。

我摇了摇头，不过我们可以从窗户爬进去。

我蹲下来，让她踩在我的肩膀上，等她上去后，我搬来几块砖头垫脚，也爬了进去。

教堂的地板上落满了灰尘，年久失修，踩上去会发出吱吱嘎嘎的声音。她在一块比较新的地板前停了下来，看那形状，应该是以前放钢琴的地方。

你听到音乐了吗？她问我，然后她自己闭上了眼睛。

我打量着这个空间，空荡安宁，圣母在微笑着看着我们，阳光透过天窗照下来，光斑叠着光斑。

非非突然睁开眼睛，拉过我的手跑到十字架前。

"你愿意娶这位女士为妻吗？"

非非用力拉我的手，快说愿意。

"愿意。"

"你愿意嫁给这位先生吗？"她自己问道。

"愿意。"她说。

"你吻你的妻子，你吻你的丈夫。"

我转过脸，看到非非紧闭着双眼，微微抬着头，脸上罩着一层红晕。

13

乐队在春节过后不久就解散了。

更突然的是，再次见到阿德是在法庭上，他剃成了光头，人瘦了不少，依然满脸青春痘。

阿德的女朋友要和他分手，因为她和原来他们驻场演出的那个酒吧的小老板搞上了。那个时候，阿德已经卖掉了自己的雅马哈准备跟她结婚，可是她骂他，很难听的话。什么都没有，还想吃天鹅肉，瞧脸上那些疙瘩，摆明了就是天生的癞蛤蟆。

阿德找亮子喝酒，喝得醉醺醺的就硬是要一个人离开。

然后就是警察描述的案件经过了。

他揣着一把从地摊上买来的刀去找那女的，要她把他花在她身上的钱都还给他。她骂他神经病，骂他不是个男人。

阿德本来只是想吓唬她，平时几十刀估计都捅不到致命部位，那个时候一失手，却一刀就捅断了她脖子上的大动脉，她当场就张大了嘴巴。

阿德因为是自首，加上亮子他们帮他变卖掉了乐队以及他店里的乐器，赔钱给那女的远在他乡的老家来的亲戚，没人再往上告，最后被判了个无期。

乐队就这样散了。亮子说他再也不想在这个城市待下去了，盘掉了在学生街上的小店，学生街第一快手亮子就这样跑去北京混圈子了。他后来还给我打电话，说参加迷笛，让我过去和他一起玩。

我开始忙毕业论文和毕业创作。

迷佳去复读，和非非一个班级。天天由他送非非回家。

我和非非也只是偶尔通通电话。

有时候我会一个人穿过学生街去学校。看到那些穿着中学校服的小女孩，就会想到非非，安安静静地坐在教室里，听课做笔记。我仿佛就站在教室外面的窗前，能看到她的侧脸。

学生街又出了新的潮流，不管是否发育成熟，一律穿上了紧身的连衣短裙，黑色的半长丝袜。有些人穿着很好看，有些人穿着很难看。

毕业后，我出门做了一次长时间的旅行。

在火车上，非非给我打来电话，说迷佳考上了电影学院，干妈很开心。而她也如妈妈的愿上了名牌大学，妈妈准备卖掉这个城市的房产，想移民去澳大利亚。

她还开玩笑和我说，你可以和我妈妈去拿那个大红包了。

她问我，你怎么不找个女朋友。你喜欢总是一个人吗？你真隐形。

14

大学毕业已经半年多了。

我开始发现生活越来越窘迫，我必须去找个工作了。

有一天在学生街街口的报刊亭上看到本地的 DM 时尚杂志在招聘摄影师，提供专业摄影棚和高端相机。

我拿过那本杂志，撑着一把雨伞想去应聘，看到亮子家的那个仓库所在的地方已经开始在拆迁，有高高的吊脚架在那里立了起来。

这种太快的变化就像我现在站在马路中间，一辆在雨雾中飞驰而过的公共汽车碾碎了在前面看着我的自己的灵魂，就只有那一瞬间，我才能从汽车的玻璃窗上看到自己的脸，真实的人的脸，模糊或者清晰都不重要，在汽车后面变成雨水，缓慢地落下。

突然发现自己身在何处。

我想起在教堂后，非非和我一起坐上了公车，说要私奔。

然后她在我的怀里睡着了。我抱着她，把她送回了家。她幼小的身躯包裹在肥大的 T 恤里，那么柔弱，如同婴儿。

来到那个杂志所在的写字楼，看到那家凉茶铺，想起以前非非总是坐在那边看着这里。

老总亲自面试。一个稍微有点发胖的中年男人，有很硬朗的轮廓，修得很整齐的胡子和深邃的眼神，给人稳重安全的感觉。

我给他看我拍的非非的照片，戴着不同的假发，画很浓的眼影和黑色的唇膏，穿着粉红的裤袜和金色的高跟鞋。

他很仔细地看完照片，然后抬起眼睛盯了我很久。

你能让她做我们杂志的封面模特吗？

天色已经暗了下来，慢慢走回住的地方。是的，住的地方，不是家。

下一个坡，看到拐角处的电线杆，横穿天空的电线、乌云，以及一盏昏黄的灯。灯下杂乱的树丛。

停立在往返的人群中，迷失了方向一般。

有轻微的孤单笼罩着我，音乐在慢慢地破碎。

只是片刻，我轻轻地呼吸，走入自己的躯体，走入渐渐消失的黄昏。

房间里，开着灯。看着凌晨窗外深沉的阴影。那条空空荡荡的学生街。

伤感如同窗外的夜色一般。

在我的指尖默默流淌。

非非非非非非非非非非非非非非非非非非非非非非非非非非非非非非非非非非非非

我是安宁的，我是安宁的。

嘘！

隐形人。

我看到一只看不见的大象正在向我走来，越来越近，越来越近。我陷入一片无边无际的黑暗之中。

我在一条蛇的肚子里。我想。

单车之旅

这不仅仅是一次旅行
一次时光与沉默的并肩而行
一次寻找与记忆的擦肩而过
一次站在原地不肯转过头去的等待

这是秒针的奔跑
是分针的犹豫
是时针的无能为力
是最后一张日历飘落的轨迹
是圆
是圈
是手脚不断颠倒的直径
米。厘米。毫米。
白驹过隙。

1

我宁愿去抢夺幻想，记忆，稍纵即逝的梦，关于青春的感叹，或者
其他可以放进时光匣子里的东西。

可是我却当了小偷。

偷的是一辆停在酒吧外的单车。

它就那样斜斜地靠在路灯旁，看上去像一匹乖巧的小红马。

嗯。路灯下的旋转小木马，红色的，和我所有遇见过的颜色都不一样，却又让我觉得如此熟悉。

我抚摸它就像抚摸到自己最软的一根肋骨（已经丢失了好多年的记忆，或者只在幻想、梦、青春的感叹里出现过，可以敲打架子鼓，也可以用来做成一支绝好的笛子，虽然只有一个音调，也让我迷恋到可以忘记一切）。

它让我感动。就好像我一直以为，凡·高死的时候，身体在大束的向日葵里面。

当我骑着它穿过小镇的街道的时候，我看到了很多临街飘扬的国旗，麦当劳叔叔的鼻子，可口可乐的广告牌，本命年的袜子，士兵的血，女孩子的……

这是 2006 年的最后一天，我加快速度逃离了时间游戏的现场。

我要去寻找我的大象。

2

这是我对她说的话。

"我要去寻找我的大象。"

我站在一个已经被遗弃的站牌下，站牌上写着 1992。

站牌后面是个专门租借小人书的小书店。

有两个小孩子坐在门口的红色的小木马上。小女孩坐在前面，他们捧着一本小人书看得很专心。

男孩突然指着其中一页说："告诉你哦，我有一只比这还大的大象。"

小女孩说："骗人，我怎么从来没有见过呢，再说，你家也住不下那么大的大象。"

"骗你是小狗，它本来没这么大，它和我一样大，和我可好了。可是后来它突然就消失了，我经常会梦见它，每次做梦都梦见它越长越大了，比这只还大！"

"那是你几岁的时候啊？"

"我也不知道自己几岁，那么早的事情了，我这么小怎么记得清楚，反正，那个时候你还没出生呢。"

"真的啊，可是它为什么会消失呢？"

"我也不知道啊，可能它并没有消失，它只是和我玩捉迷藏，我还没找到它。"

"那它一个人躲着会不会害怕，你要赶紧找到它啊。"

"嗯，我吃完饭就去找它。"

"它和你一样贪吃吗？它和我一样漂亮吗？它害怕的时候会不会哭鼻子啊，它鼻子那么长……"

"你真是个提问鬼，反正，反正，我要去寻找我的大象的，到时候你就会看到它了。"

"你不骗我？找到了就给我看？"

"不骗你，不信，我们来拉钩钩。"

"嗯，拉钩上吊，一百年不许变。"

小女孩突然又说："那你会不会带我一起去找你的大象呢？"

这个时候小巷那头传来一声呼唤，一声遥远而亲切的呼唤，它穿过悠长的青石板小巷，午后斑驳的阳光，墙头的狗尾巴草，一片悄然飘落的荔枝树的叶子……抵达我的耳鼓，我的心湖仿佛荡过了一条小船。我抬起头去看，看到阳光灿烂，小女孩坐在一辆小三轮车上，小男孩推着她跑过了长长的小巷，消失在那小巷尽头的光芒之中，他们的欢笑也消失了。

我骑着单车，追赶过去。

但是小巷也在我面前迅速地消失，很快，它就不见了。

我发现自己停在了一个十字街口。

红灯……绿灯……红灯……绿灯……红灯……

此起彼伏的汽车喇叭声让我失声尖叫起来，然后我看到天空一直在旋转，旋转。我像是掉进了下水道里，头上有不少的高跟鞋跨过去，跨过去……

3

我感觉有东西在我头上晃来晃去。我努力睁开眼睛，看到天花板，天花板受潮很严重，有几处大片的水迹，看上去形状像是一个个子宫里的卵子。天花板下有旋转着的电风扇，我面前站着一个陌生的女人。她拿着一条毛巾，睁大了眼睛看我。

我坐了起来，可能是我的速度太快了，像一个从噩梦中惊醒的人。女人被吓到了，不自觉地往后退了退。

我起身下床，看到自己依然穿戴整齐。或许我该立马朝门口走去，离开这个陌生的房间和这个陌生的女人，但那只是我的想象。我还是说出了所有人都会说的话："这是哪里？"

"这是我的房间，你喝醉了，我就把你拖到了这里。"

"我喝醉了？"

"是啊，你不记得了吗？昨天，你就在这楼下的'大象森林'酒吧里喝酒，喝到我们打烊了还拼命地喝，还跟我说：'大象，来，我们再喝一杯。'我怎么劝你都不肯走，后来你就不省人事了，我只好把你拉到了这里。"

"你是谁啊？"

"我是昨天陪你喝酒的吧女啊。"

我怎么一点都不记得了呢。我记得之前的所有，我失业，和我相恋七年的女朋友离我而去，被房东赶出来，可我就是忘记了该死的昨夜。我努力去看面前的这个女人，她的脸似乎有点熟悉，可是又感觉那是我很早之前就有的记忆。

"我们以前见过吗？我是说在其他地方，你和我有过什么关系。"

"没有，我是昨天第一次见到你，你这么奇怪的人，如果我以前就见过，肯定一眼就认出了你。可是你昨天进来后，一屁股坐在吧台前，跟我要酒的时候，我确定我是第一次见到你。"

"昨天晚上，我们没发生什么吧？"

"没有。"

"那谢谢你的照顾，不打扰了。"

说着我站起来就要走。

"可是，现在天还没亮，你要去哪里？"

我有点疑惑地看着窗外，果然，外面还是漆黑一片。

这个时候有人哼着歌，打开了这个房间的门，他看了我一眼，显得漠不关心的样子，他径直走到女人的面前伸出右手："给我钱。"

女人咬着嘴唇说："没有，昨天不是刚给你。"

男人说："输光了。你到底给不给。"

女人不说话。男人一巴掌打在她的脸上，然后强行去搜身："把男人都带到房间了，还说没钱。"

女人一边抵抗，一边尖叫起来。

我走过去，拉起那个男人，对着他的肚子就是一拳。可是我马上意识到，我并不是一个打架行家，这么关键的一拳，我应该打在他的下巴或者更脆弱的其他地方。

男人果然没有倒下去，他很快就还了我一拳，也是打在肚子上。接着我们就扭打在了一起。

我们把房间里的东西都摔得乱七八糟的。我一路向门口退去。我的脚被什么绊了一下，我潜意识地抓住刚冲过来的男人的衣领，我们一起沿着楼梯滚下去。

我的脑袋被重重地砸了一下。

4

男孩子坐在教室里发呆，老师从后面走过去，曲起食指，"啪"的一声在他脑袋瓜上狠狠地敲了一下。

男孩子捂着脑袋对正在窗外看他的小女孩吐了吐舌头。

这一切都被我看在眼里。我还看到黑板上值日生表那里写着"1995年3月15号，星期三"。

放学后，男孩子骑着一辆很小的单车回家。小女孩在校门口等着他。她穿着一条粉红色的连衣裙，白袜子黑皮鞋，骑着一辆带两个轮子的小单车，就像是小男孩的跟屁虫一样在后面拼命地追赶他。

他们来到了一个废弃的戏院，还有另外几个男孩子在那边等着他们。

他们一看到小男孩和小女孩就起哄："小夫妻又来了。"

"谁跟她是小夫妻呢。"小男孩憋红了脸说，"她是我的小尾巴，割不掉的小尾巴。"

小男孩转过身对小女孩说："你看，就你每天都要跟着我，害我被他们笑了吧。"

　　小女孩像做错了事一样，低着头不说话，不过她的手一直都拉着小男孩的衣角。

　　他们开始玩捉迷藏。小男孩面对墙壁，把眼睛蒙在自己的手臂上，其他人一下都躲了起来，小女孩也蹦蹦跳跳地躲了起来，可其实小女孩藏的地方最明显了，她就藏在一个桌子底下。她能看到小男孩把那些人一个一个都找了出来，可是就是找不到她。

　　这个傻女孩子，她不知道男孩子和那些人把她一个人偷偷丢在这里，跑到别的地方去玩了。

　　破落的戏院院子里停着一辆小单车，后面还带着两个小轮子。前面的车篮里放着一个洋娃娃。屋子里的桌子底下躲着那个小女孩，小女孩睡着了，到了天色完全暗了下来的时候才醒过来，小男孩还是没来找她。她有点害怕，她抱着自己，卷在桌子底下，她的眼泪都掉下来了，可是依然躲在那里，不肯走出来。

　　我在小女孩的身边坐了下来，我想陪她说说话，又怕吓到她，我就一直静静地看着她。

　　外面传来一个女人的声音，是小女孩的妈妈在找她，小女孩想跑出去，可是她咬着牙又坐了下来，那女人的声音越来越远，小女孩的眼泪哗啦啦地流下来。

　　很晚的时候，小男孩才跑到这里来找小女孩，他一下就找到了她，小女孩的眼泪还没干就笑着爬了出去。

　　"我就知道你一定能找到我的。"

　　"你知道吗，刚才我梦见大象了，它就在我的身边，我们一起躲在这里。我们知道，不管我们躲得多远，躲得多深，我们都相信你能找到我们的。"

"你什么时候会找到你的大象啊？它一个人，多可怜啊。"

小女孩牵着小男孩的手，一蹦一跳地回家了。

我看到小女孩的单车还停在院子中间，我骑上它，想去追赶他们。可是我太大了，我很吃力地蹬着单车，却只能在原地转圈圈。

最后，所有的黑暗被转成了一个旋涡，我骑着单车一起向那深处冲去。

5

我在一阵疼痛和冰冷中醒了过来，是女人把我拉到洗手间里，用冷水泼我的脸。

我摇摇晃晃地站了起来，突然感到一阵恶心，我冲到抽水马桶前，使劲呕吐起来。

抽水马桶里冲出来的水旋转着，旋转着，把我的呕吐物向深处冲去。

我走出去，看到女人在那边摇晃着男人的身体。

我说："对不起。"

我说："他这样对你，放弃他吧。"

我说："你有工作，你可以自食其力，你为什么要把时间和精力都浪费在这种男人身上。"

我说："我觉得你太懦弱了，你应该离开他，你应该勇敢点，你可以找到比他好千万倍的男人。"

我说："他醒来后还是会和你要钱，还是会打你，他根本就不爱你。"

女人抬起头对我说："我爱他。"

不，其实我什么也没说。女人也一直没说话，女人一会儿翻开男人的眼睛看看，一会儿掐他的人中，一会儿把耳朵贴在他的胸口。女人拼命地摇晃这个男人。

我打量着四周。这里是一个酒吧，酒吧的四周挂满了各种各样的大象的图片，我觉得那些大象在慢慢地朝我走来。突然，它们开始奔跑，向我冲撞过来。

我低头看到躺在楼梯下的男人的后脑勺有血流了出来，都快流到我的脚下了。我跑到女人的身边，拉起她就向酒吧的门口跑去。

酒吧门口的橱窗里停着一辆红色的单车，我放开拉着女人的手，跑回酒吧拖出一把凳子，一下就砸烂了玻璃。

这个时候，血已经流到门口来了。

我牵出单车，载着女人逃离这个地方。

沿着路灯，我拼命向远处的黑暗中骑去，骑过所有的红灯，骑过乞丐和醉汉聚集的垃圾堆，骑过洗头店，骑过教堂，骑过警察局和精神病院……

在黎明的第一道曙光到来的时候，我看到了一个巨大的广告牌，牌上写着"××欢迎你"。我知道，我就要逃离这个城市了……

女人在身后问了我一句："你要带我去哪里？"

我双手同时按住刹车。

我要带她去哪里，我要带她去哪里。

我感觉到我的后脑又开始疼痛，有股热气，又黏又稠的热气缓缓地，流到我的颈窝里。

6

10、9、8……

城市广场的闹钟就要敲响，新世纪马上就到来了。

少女突然把雪塞到少年的颈窝里，然后笑着跳开了，少年转身去追逐她，满广场上都是笑声。

钟声敲响了，烟花缤纷，少年刚好抓到少女，少女偎依在他的怀中，慢慢地闭上眼睛，她的脸红扑扑的，她的呼吸急促，眼睫毛在轻轻地颤抖……少年很紧张地，小心翼翼地吻上她的嘴唇。

他们完全没有注意到，离他们身边不远处，有一个小少女在默默地看着他们。

小少女牵着单车转身离开。她努力拨开喧闹的人群，她就像是一条被水草缠住的小金鱼那样，苦苦挣扎，没有谁能帮得到她。

人群越来越多，接吻的人越来越多，老人，中年人，青年人，少男少女，连婴儿车上的气球都纠缠在一起……

她渐渐地迷失在城市森林里。

我在这里看着她，我离她这么遥远，比今天和昨天之间的距离更遥远。

小少女终于从人群中挤了出来，她骑上自己红色的单车脱离这里，她如一条离开鱼群的鱼奋力地向大海深处游去。

这边，人类在狂欢，我早已看不到少年和少女了。

我只看到一团红色，穿过了悠长的小巷，小巷里路灯幽暗，黑色的影子紧跟着那团红色不放。

经过早已倒闭的小人书书店，经过大门紧闭一片死寂的小学。

小少女来到了一片小小的废墟，废墟的中间还有一张破旧的桌子摆在那里。

小少女停下来，躲到那桌子底下抱住自己的膝盖。

这时候有月光透过云层，照在小女孩正对面那堵破败的墙壁上。

那里，小女孩面对着墙壁，把眼睛蒙在手臂上，小男孩在后面说：

"我没说开始，你不准睁开眼睛。"

小女孩等了很久很久。小女孩终于听到小男孩的声音："好了，不玩了，我们回家吧。"

小女孩转过身去，小男孩已经变成了一个少年，他的身边还站着一个少女。少年对少女说："这个是我邻居家的小妹妹。"

少年骑上单车，载着少女离去。

小女孩变成了小少女，她在后面骑着小单车，怎么追，也追不上去。

小单车变成了一只大象的影子，小女孩坐在上面睡着了。

小少女在桌子底下睡着了，我走过去，想搂住她，却搂了一个空。

7

女人从背后搂住我，她说："我们去医院吧。"

我掉过车头，载着她往回走。我们到了一个小医院，医院里只有一个医生，他让我坐在门口排队，可是这条走廊里一个人都没有。

我开始在想，这个座位上曾经坐过多少人。这么小的医院，来这里的，可能是来治疗性病的青年，也可能是过来流产的女孩，有拿着自己的断手来的小混混，有戴着口罩怕被认出身份的官员……

走廊里的日光灯忽明忽暗，仿佛随时都会突然爆裂。

女人坐在我的身边，她握住我的手跟我说："不要害怕。"

我一直觉得，我应该在哪里看到过她。

她不是我的女朋友，可是这个时候只有她坐在我的身边。

她问我："为什么你喝醉酒的时候，一直说着'大象'？"

我说："我不记得了，我有说过吗？"

她说："一直在说，我还以为是你女朋友的昵称。"

我说："我还说了什么？"

她说："没有了。你就拉着我的手，叫我大象。"

我说："可能那个时候，谁都可以是大象吧。"

她笑了起来："我也以为你是我们老板的朋友，可惜我从来没有见过我们老板，不然我可以问问他。"

我说："你什么时候在这里面当吧女的？酒吧里总共有几个吧女？"

她说："就我一个，我已经在这里很久了，我的好朋友偷渡去了，叫我过来接她的班，我就来了。"

我说："你为什么和那个男人在一起？"

她说："你女朋友呢？"

我说："我和她分手了。我们恋爱了七年，从中学到大学毕业，我们一起努力赚钱，每天都朝九晚五，我们在这个城市里买不起房子，她依然爱我。我失业了，她依然爱我。可是有一天我突然梦见了我的大象，起来后我跟她说'我要去寻找我的大象，你愿意和我一起去吗？'她就离开了我。"

她说："我很早就认识了他，从我刚出生的时候就认识了他。他对我很好，虽然他的第一个女朋友不是我，但是他终于明白只有我是真正爱他的，他最后还是回到了我的身边。原来他很优秀的，可是不知道从什么时候开始，可能从我们一起来到这个城市开始，他就变了，他找不到合适的工作，开始的时候，他觉得他对不起我，可是渐渐地，他天天喝酒，喜欢赌博，他开始打我，他要我离开他，去跟别的男人过日子。他打我，逼我离开他，可是他每天又会回到我的身边。"

这个时候医生叫我进去，我看到他刚好把一个快餐盒扔到垃圾筒里。

他用指甲抠牙缝，让我在他的面前坐下来。

我给他看我的后脑勺，我说那里破了一个洞。

他看了一会儿，然后骂我脑袋有坑，把我推出门外。

我看到镜子里我后脑的洞不知道什么时候已经消失了。

我载着女人在城市里不停地逛，有警车从我们身边呼啸而过。我跟女人说，我带着你去寻找我的大象吧。女人说，我的大象还躺在酒吧里。

不知道绕了多少圈，最后又经过了酒吧门口，橱窗的玻璃好好的，地上也没有碎片，里面摆上了一只大象。

我停下来，单车后面的女人不知道什么时候已经不见了。

我推开酒吧的门，女人正站在吧台里，我走到吧台前坐了下去。

8

男人被房东赶走之前收到了一张喜帖。日期是 2006 年 12 月 31 日。

男人孤身一人坐火车回到了自己的家乡，来到了小巷尽头的一个院子前，院子已经被改造成了一个酒吧。新娘站在门口，穿着洁白的婚纱。

新娘跟新郎介绍说："这个是我邻居家的大哥哥。"

酒宴上有人起哄："说说你们的恋爱故事吧。"

新娘说："他骑着单车载我去看夕阳。"

"我只有一张嘎嘎吱吱响的床……"

客人们都大笑起来。

有人问男人："你女朋友呢，怎么去了大城市就不想回来了？"

新娘过来给男人敬酒："嫂子呢，怎么没来？"

"她工作忙，不能来。"

"她还好吧？"

"还好。"

男人第一次喝酒，喝了好多的酒。

新娘、新郎在门口送客人，新娘对男人说："我不能陪你去找大象了，你也一直没叫我陪你找大象。找到大象的时候，你一定要告诉我，我们可是拉过钩的。"

我骑上新娘陪嫁的单车，穿过小巷，经过早已被拆掉的小人书书店，小学、中学，来到一个熟悉的地方。

这里已经盖上了一座大楼。

我找不到那个戏院，找不到那张桌子。

找不到那个小女孩，那个小少女。

9

我喝了点酒，不知道从什么时候开始，我喜欢喝酒了。

我问她："我们之前见过面吗？"

她说："在你坐下之前，我们从来没有见过面。"

我问她："这个酒吧的老板是谁？"

她说："我就是老板。"

我说："为什么叫'大象森林'呢？"

她说："我喜欢的男孩子去寻找他的大象了，我在等他回来。"

最后，我走出酒吧，看到门外的路灯旁斜靠着一辆红色的单车。我偷了单车就跑。后面有人在叫我的名字，我回头看见从酒吧里跑出来的就是那个吧女，就是那个小女孩，就是那个小少女，就是那个穿着婚纱的新娘。我回头望着她们，可是我还是不停地往前骑，往前骑。

她们没有再追过来。

2007 年的钟声响起。

小说《16 岁那年》

我曾努力地写小说

正如你们所看到的

——《寻找大象》

或许，关于大象我们得到了很多

比如它的四条腿，它的鼻子，或者耳朵

还有屁股

其实要知道

大象并不存在于小说里面

它在我写小说的那年

1

醒来的时候，我发现我躺在一个堆满书的房间里。

我不知道我为什么会在这里，也没人告诉我为什么会在这里。整个房间里只有我和书本。我随便拿起身边的一本来看，其实是一个笔记本，里面的字很潦草，在笔记本的扉页上写着《16 岁那年》。看得出来，这是一篇小说。

小说的开头是这么写的：

我在一个信封里发现了一张照片，照片上的我留着长头发，高举着一张纸牌，纸牌上用马克笔写着"我才16岁"。照片背面写着"寻找大象"。

我看着照片，照片上还有拍照的日期，2005年5月1号。这个日期证明我那个时候已经23岁。我突然开始想，我在16岁那年做了什么，为什么让23岁的我如此眷恋，可是我记得我的15岁，记得我的17岁，偏偏忘记了16岁的我到底是什么样子的。

于是我背起我的包。我要回家乡小城，我想从那里开始寻找被我遗失的16岁。

看到这里，我突然开始想，我的16岁是什么样子的。

我在房间里走来走去地想，阳光从东边的窗户照进来，落在地上变成六个格子。我从右边第一个格子走到左边第二个格子再到右边第三个格子，然后转身走回去，再走。

我又开始感到头疼了。我想不起我的16岁那年到底做了些什么，不，我的头脑一片空白，我也想不起我的15岁和17岁，我把昨天以前的事情都忘记光了。

我把书一本本地拿起来看，我看到很多跟时间有关的文字，比如，1949年中华人民共和国成立，2008年中国要举办奥运会，现在是2007年3月18日……

可是我就是不知道我以前做过些什么，我也不知道明天以后该干些什么。

中午的时候，有人敲我的门，是妈妈，她给我送来了午饭。

是的，一切都很奇怪，我认得所有现实存在的东西，比如：书、房间、阳光、妈妈、钱，我也知道钱是用来干什么的。对了，我也知道什么是大象，可是，为什么要寻找大象呢？

我忘记了所有的东西为什么会存在，他们曾经发生过什么，和我有什么关系。比如，我知道这个给我送饭来的女人是我的妈妈，但是我不知道她为什么会是我的妈妈，而且为什么只有她一个是我的妈妈。

从中午到黄昏再到夜晚，我都坐在窗台前想这些问题。窗外有很多房子，有很多车，有很多人，有很多树……他们又为什么而存在呢，和我有什么关系？

晚上妈妈让我去睡觉，并给我盖上了被子，她在我的额头上亲了一下，然后关灯说晚安。

感觉很快乐，很舒服，可是我不知道她为什么要亲我。

这样，我在黑暗中努力睁大了眼睛。有没有其他人亲过我呢？

月亮走到我的窗台前的时候，我突然坐了起来，我把书放进书包里，决定到书里所描写的地方去看看。

我得马上就走，因为我怕等我睡着了醒来，又忘记自己看到过这本书，又不知道自己该干什么。

2

我走到路灯下，把那本书拿了出来，继续往下看：

去我的家乡小城要坐火车。关于火车，我总是在我的小说里不停地提到，我不明白为什么会对它如此眷恋，甚至从我写小说开始，我就没再坐过火车了。

当火车开动，一切向后退去的时候，我突然有一种异常熟悉的感觉，是关于16岁的记忆的结束，好像那年，我就是坐着火车离开小城，就是从那年开始，我不停止地描写关于火车带给我的一切感知。而我的离开，为的就是寻找我的大象。虽然现在我还不明白，16 岁那年，我为什么如此执着地想去寻找我的大象。

我来到火车站，买了一张前往小说里所描述的那个小城的火车票。

我所在的车厢空无一人，我坐在靠窗的位置。我觉得我有些困了，可是我知道我不能睡去，不然，我都不知道我该前往何方。

我看窗外的景象，黑暗里的乡村让我心情平静，我多喜欢那些迅速退去的灯火，我还看到了自己映在窗户上的脸。

我不知道自己为什么是这样的容貌，但是他眼神里的那些期待让我满意。

火车停了下来，在一个寂静的山谷，外面黑乎乎的，什么也看不见。一会儿之后，有另外一辆火车逆向而过，在交错的那个时刻里，我感觉自己的影子被那火车带走了，带到不知的远方去，时间的另一端。

我想，我是被手中的这篇小说影响了，对于火车，我变得有些伤感了。

还是什么都不要想了，我就要到达小说里所描述的城市，我要去看看，小说的作者，是不是已经找到了自己的 16 岁，是不是在那个小城住了下来。

3

我在小城里漫无目的地走着，这里的每一条街道我都那么熟悉，这更让我觉得难过，因为，这么熟悉的场景，我却想不起来，16 岁的时候，我到底是怎么样在这个小城里生活过。

我一点头绪都没有，在路过一家糖水店的时候，我仿佛听到有声音在召唤着我，便走了进去。

这个糖水店我也记得，这里有好喝的糖水，有好听的音乐，也有临窗的秋千。更主要的是，我能够在墙壁上随便地画画——谁都能在墙壁上随意地画画和写字。

声音似乎是从地下室里发出来的，我顺着旋转的木头楼梯走了下去。说是地下室，其实还有半截是露在地面，靠着街道地面那边有长条的玻璃窗，有人在街上走来走去，有光线射了进来。

地下室里没有一个人，声音也因为我的到来悄然隐没在墙角的黑暗中去了。我在最角落的沙发上坐了下来，服务生给我送来了开水，我点了一杯珍珠奶茶。

我开始打量这个房间里的墙壁，墙壁上有人用马克笔勾出一只大象的轮廓，里面写满了字，画满了画。我静静地看着它们，我好像走进了各种记忆交错的空间中，别人的记忆，我的记忆。我就站在路口处，可是我依然没能找到我的16岁的入口。

火车是在早上六点的时候到达这个小城的，因为他没有在书里写到那家糖水店的名字，我只能叫一辆三轮的士满城转。

小城并不大，给人很亲切的感觉，难怪那个作者会怀念自己的小城，即使是我这样外来的客人，也不由自主地喜欢上了这个小城。

这里的每一个街角，每一棵树下，都是那么安宁，这应该是一个很浪漫的城市。

我突然想到了一个词——爱情。这让我有点兴奋起来，我很奇怪我的脑中会出现一个这样的词，因为它并没有实体，是虚无的，本来不在我的记忆范围之内。

可是它就这么出现了，不管我知不知道它是什么，它就这样充满了我的脑袋。

我似乎也像作者在小说中所写到的那样，"我听到有声音在召唤着我"。

在绕了一个大圈子之后，我看到了一座独立的四层楼高的房子，房子上爬着一些青藤，在一楼大门的门楣上挂着一个招牌——"××糖水店"。

前面那两个字已经消失，看不出来是什么字。

我让司机停了下来，我不知道这家糖水店是不是小说里的那家。

还没有开门，我绕着房子走了一圈，发现在右侧临街道的地方，真的有一扇长条的玻璃窗，我趴在地上往里看，很暗，只能看到一些模糊的轮廓。

我似乎看到了那只画在墙壁上的大象。

于是我在糖水店门口的台阶上坐了下来，继续看那篇小说。

4

是的，这堵墙壁就是我那张照片中的背景。我认真地看着墙上的每一句话，上面有海誓山盟，有想念，有失望，有忧伤，有痛恨，有自怜自怨，有不舍……这些话，都和爱情有关。于是我在想，关于我16岁那年的记忆，应该是和爱情有关。

那么，这里的哪一句话与我的爱情有关呢？当时我为什么会在这里高举一张写着"我才16岁"的牌子呢？

我越发对糖水店感到好奇起来。我多想看看那墙壁上写的每一句话啊，那里面一定隐藏了无数关于爱情的故事，我虽然还是不明白爱情到底是什么，但我知道，那一定是所有人都想要的东西，而"十六岁"这

年，一定在作者的身上发生过刻骨铭心的事，对，一定是这样。我感觉
自己就像即将窥视到别人秘密那样，心中充满了期待和紧张。

我问一个服务生说："你认识我吗？"

服务生看了我一会儿摇摇头说："不认识。"

我给她看那张照片，她说她刚来这里半年，在这半年来，她确定自己
没有见过我。不过她说她可以帮我去问问其他人。

她把我的那张照片拿了去，我则继续去看墙壁上的那些涂鸦。

我走很近去抚摸它们，我仿佛能感觉到墙壁的心跳，不，是每个字、
每张画都有自己的心跳，它们就像是从我脑海里逃脱的记忆，它们冷漠地
看着我，躲避我，好像是我自己把它们抛弃了一般。我站到房子的中央，
墙壁和天花板开始旋转起来，我像是掉进了文字和图画的旋涡之中，它们
混合在一起，把我淹没。

我抱住自己的脑袋尖叫起来，我好似看到自己做了不可饶恕的错事，
在未来的日子里所要接受的惩罚。

我的尖叫吓到了在糖水店里的所有人，他们都堵在楼梯口，甚至有人
趴在长条的玻璃窗那边侧着头看着我抱着脑袋蹲在地上。

有人向我走过来，影子落在我的身上，感觉异常熟悉，我抬起头来看她，
她愣了一下，然后转身跟那些围观的人说："没事，他有点不舒服。打扰
到你们了，真不好意思。"

等那些人都散去后，她让我坐在了沙发上。

我看着她，她的样子是模糊的，好像在我以前的记忆里就存在着，只
是我记忆里的那个女孩和现在的这个无法完全重合在一起。我问她："你
认识我吗？"

她说："认识。"

我说："我以前认识你吗？"

她说："看来你是真的什么都不记得了。"

这个时候，太阳从街角处的大楼后面冒出头来，阳光斜射在我的身上，暖洋洋的，很多的人在我的面前走来走去。我觉得有点困了，但是我知道，我现在不能睡觉。

我用力摇了摇头，然后抬头去看刺眼的太阳，看远处的红绿灯，看公车站的情侣，看对面公园里晨练的老人⋯⋯

我开始想，是什么让作者如此痛苦，是因为他失去了那段记忆，还是因为爱情？

爱情真可怕。还好我不明白什么是爱情。

5

这个时候，服务生把我的那张照片递给了那个女孩。

"我是这家店的老板，这个店刚开的时候，我们就认识了。你看那只大象，那只大象就是你画的。连这个店的名字都是你起的，当时我问你为什么要用这个名字，你说你不知道，只是觉得该叫大象。这些，你都不记得了吗？"

我有点困惑地摇了摇头，"那时候我几岁？"

"16 岁。"

"难怪我记不起来了，我记得我的 15 岁以前和 17 岁以后，但是我就是忘记了 16 岁的时候，我做过些什么。"

她看着我，仿佛要看到我的内心深处一般，很久之后她又问我："那你说说你 15 岁以前做过些什么，17 岁以后又做过些什么？"

　　我喝了一口奶茶，很甜，但是已经凉了。

　　"我记得我 15 岁以前在哪里念书，有哪些朋友。我爸爸常年在外做生意，我妈妈工作很忙，我有一个同卵双生的双胞胎哥哥，他和我长得一模一样，我们很要好，形影不离。很少有人认得我们谁是谁。我语文好，他数学好，每次背诵语文都是我替他，每次背口算，都是他替我。老师在很久以后才发现。那时候，我们很快乐。"

　　我的声音低了下去。

　　"那 17 岁以后呢？"

　　"17 岁以后，我一直是一个人，我的双胞胎哥哥好像从我的生命里消失了一样，我画画，考试，上大学，写小说。可是，我总觉得我像是丢失了一半灵魂一般，我经常会做梦，梦见我的哥哥，还有，还有一个女孩。可是我只能看到那个女孩子的影子，有时候她和我的哥哥在一起，有时候，她独自一人，抬头看着什么。"

　　"你记得那个女孩子的名字吗？"

　　我看着她，我感觉到这个房间里那个奇怪的声音又响了起来，那些墙壁上的涂鸦又开始要吞噬我一般。我慢慢抱住脑袋，"我想不起来，我想不起来……"

　　她把手放在我抱着脑袋的双手上，很温暖，我慢慢地安静了下来。

　　"我认识她的，对吗？她对我很重要，对吗？我伤害了她，对吗？请你告诉我关于我和她之间的事情。好吗？"

　　小说正要进入高潮，我知道，这很吸引我，但是我也清楚，我必须站起来走走。不然，我很可能就突然睡着，然后什么都忘记了。

　　不得不承认，这是我看过的最好的小说了，好像钻到我内心深处去一样。这个小说里的人物和我很像，只是他比我痛苦多了，他只忘记了一部分记忆。

现在看来，这会是一段痛苦的记忆，可是他为什么如此急切地想知道呢？

失去记忆是多么美妙的事啊，每天都是新的生活。

我开始为自己感到幸福。我现在在这里看着别人即将到来的痛苦，其实，纯粹只是满足我的好奇心罢了。

像我开头所说的，这些，那些，又和我有什么关系呢？

6

"我不知道对现在的你来说那些事情是否合适。"女孩子有点犹豫。"既然你已经忘记了，就让那年成为过去吧。"

"不，我必须要知道。如果你不肯告诉我，我想，我会用我生命里剩下的所有时光来寻找关于那年的记忆。"

"那是一种伤害。"

"既然是发生过的，又有什么好担心的呢，如果我真的伤害到别人，请你告诉我，算是对我的惩罚，也让我得到忏悔的机会。"

女孩子叹了一口气，站了起来，"那时多么残忍，你让我开始痛恨我自己，我本来可以给你编造一个美好的故事。我不是不愿意去欺骗你，可是那样，我又觉得对不起事实"。

"请你告诉我真相吧。"

"真相两个字真是让人觉得残酷。小颗，你还记得这个名字吗？"

她停了一下，可能是看到我的表情又开始变得复杂起来，没有等我开口，她又自顾地说了下去，"她是我的表妹。真是痛苦，你让我该怎么说起呢。"她走到画着大象的那面墙壁前，抬头看着那只大象。"当时，我刚开了这个糖水店，我请你过来帮我一起想怎么设计，我知道你有一颗古灵精怪的脑袋，至于我们怎么认识的，我就不想再去说了。那时，你就站在高脚凳上画这只大象，我的表妹，小颗，她过来找我。她就站在这里，这样抬头看着你。后来你请她在上面写字。就是左下角那些，在大象的腿上，你自己看看。"

我走到那跟前，那里被人画上了一些奇怪的符号，但是依稀还能看出写的是什么。

"你为什么要画大象，而不是其他的动物，比如大熊，我就喜欢大熊。"

"我也不知道，你不觉得大象很好吗？善良，安静。"

"它是你的图腾吗？"

"不知道，我只是突然想到，它可能一直藏在我的心中吧。"

"呵呵，我的心中有一只大熊。你好，我叫小颗。"这句话后面还画上了一只憨厚的熊。

"你好，我叫……"后面的字已经被其他的画给盖住了，看不清楚。

女孩子站在我的身边说："你们就是那么认识的，那时候你们都十六岁，刚上高中，你们经常会一起到我这边来，喝糖水，聊天。有时候就一起画画。"

"那时候我们很快乐，是不是？"我闭上眼睛，仿佛能听到这个房间里传来的笑声，"她后来成为我的女朋友了吗？"

"没有，那一年，还有一个人在你的记忆里消失了。"

"我的双胞胎哥哥？那年的事是在我们三个人中间发生吗？"

"不算吧，应该只在你哥哥和小颗之间发生。在你17岁生日的前一天，你就一个人离开了这里，到北京画画去了。"

"请你告诉我具体的经过，好吗？"

女孩子又在沙发上坐了下来，她给自己点了一支烟。"其实具体的事，是你23岁那年回来的时候才告诉我的。你现在忘记的，不止是16岁那年吧，你把所有关于小颡的事都忘记了。"

我也在她的面前坐了下来，看着她的眼睛。

她拿起那张照片。"你23岁那年回到了这里，你找到了我，给我说了一些事"。

我的眼皮不自觉地粘到一块儿去了。我赶紧从台阶上站了起来，我感到头很晕，天空在旋转，我一直有低血压，刚才坐得太久了，我扶住门框，努力让自己清醒一些。

这个时候，钟楼上的钟敲响了12下，已经是中午了，为什么糖水店还不开门呢？

7

我想闭目养神一下，可是刚闭上眼睛又赶紧睁开，我怕我就这样睡着了。

我为什么会对这篇小说这么感兴趣呢。

即使写得再合我心，等我睡着醒来，就会忘记得一干二净。精神方面的东西对我来说，都是不可被保留的，只有现实的物质才会一直存在。

虽然是这么想，可我还是倚靠在门框上，继续看下去。

"那时候，你即将大学毕业，你全家也都搬离了这个城市。你是孤身一人来到这个小城的。当时你站在店门口问我：'小颡呢？'"

"我当时没有搭理你。因为我一直觉得，是你伤害了小颡，不，你还伤害了你哥哥，伤害了我，伤害了你自己。我以为你会就那样消失了，永不回来才好。"

　　她深深地吸了一口烟，然后说："我一直在后悔，直到现在，我当时就不该听你的什么解释，不管怎么样，你的离开，伤害了小颡。"

　　"你就站在那只大象的前面，我想是你痛苦的表情打动了我，让我听你的解释。当时我真该把你赶出去，我应该想到你看着那只大象对小颡说'我要去寻找我的大象'，然后你就那样离开了，完全不顾小颡的痛苦。

　　"那一段时间，一直是你的哥哥在陪着她。从 16 岁到 22 岁，整整六年的时间，你都没有回来过。连你哥哥去世的时候，你都没回来，虽然，那个时候，小颡已经把你淡忘了，她那么爱你的哥哥。我责问你为什么还要回来？你跟我说了你离开的原因。

　　"你偶然发现了你妈妈藏在保险柜里的一份病历，是你哥哥的。你由此发现你哥哥患有先天性的脑瘤，短则一两年，长则五六年，你哥哥便会离你而去。当时的你痛苦万分，可是你又不能对他说起。本来你想告诉小颡，让她和你一起，陪哥哥好好度过最后的时光。可是就在你告诉小颡之前，你哥哥突然跟你说他爱上了小颡。从你第一次带他来糖水店，第一次见到小颡的时候就爱上她了。这让你更加痛苦，因为你的性格一向和你哥哥不同，有什么事都是藏在心里，即使你很早喜欢上了小颡，可是你从来没表示过。而你，即使知道小颡一直喜欢的是你，最后还是作出了那样的决定，用一个'寻找大象'的借口离开了这个小城。

　　"你让所有的人都痛恨你，自己却觉得是作出了最大的牺牲，你以为你离开后，就可以成全哥哥和小颡。你跟我说，在你哥哥短暂的人生里拥有过亲情和友情，也要拥有爱情才算完整。是的，你做到了，他们在一起了，并且彼此真正相爱。但是你以为，你哥哥就会因此忘记了和你在一起的那十五年吗？你以为，小颡会像你一样，忘记了她的 16 岁那年吗？

　　"你跟我说你在外面的那些年有多么孤独，你有多么想念哥哥和小颡，难道他们就不想念你吗？小颡是在三年后才接受你哥哥的。而你最残忍的是，你明明知道你哥哥的病情，却还要成全他们在一起，让他们感受生离死别的痛苦。你知不知道你对他们的人生造成了什么样的悲伤。

"你现在还回来做什么？要揭开所有人的伤疤吗？"

我就那样默默地坐着，这就是我的 16 岁？这就是我忘记掉的全部吗？

8

亲情和爱情。就好像妈妈的吻吗？

我觉得眼睛开始有点难受了。我开始想念我的妈妈。糖水店怎么还不开，我只想进去看一看，看一看我就要回家了，我要忘记我看到的这个小说，我不喜欢悲剧，是的，我不喜欢，我原本还以为爱情永远是美的，但是这里面却有那么多我不能理解的东西。

"那么，小颖呢？现在小颖在哪里？"

她又点上了一支烟。"你伤害她还不够吗？那天你离开糖水店之后，就去了你哥哥的坟墓。那是你第一次去哥哥的坟墓，你这狠心的人。在你哥哥去世一年以后你才来到他的坟墓，你不该去的，如果能够让你把所有的记忆都忘记掉那该多好啊，我当时这么诅咒你，是的，我诅咒你。你在你哥哥的坟墓那里碰到了小颖。可怜的小颖，她每周都要去你哥哥的坟墓前坐着。你哥哥还没有结婚，所以坟墓上不能有墓碑，是小颖在你们全家离开这座城市后，自己刻上的墓碑，她称他'丈夫'。你在那里碰见小颖后，你恳求她原谅你当年的离开，你跟她说，你会好好照顾她一辈子的。她跟你说，要是你在 16 岁的时候和她说这句话，她就会答应，可是现在已经太迟太迟。她已经忘记了她的 16 岁，即使你已经想起自己在 16 岁那年做了什么。

"那天，小颗在我的店里，你就那样高举着那张纸牌对小颗说，让你代替哥哥来照顾她。真是可笑，我居然信了你的话，还拍下了这张照片。我以为，你真的一直深爱着小颗和你的哥哥，才会在 16 岁的时候选择离开，在 23 岁的时候再回来。虽然我不知道，你哥哥死去的那年，你为什么没有回来。我还以为这几年的时间过去，你真的如你所说的那样，一直没变，还是 16 岁那个天天和小颗在一起哄她开心的男孩。"

"后来我再次离开了她，为的是去'寻找我的大象'？"我突然说道。

"不，你是不辞而别。哦，有的，你在那墙壁上留下了一句话。"她再次站了起来，"我想，我早晚会拆掉这墙壁。我真害怕你一直会这样，突然离开，突然回来。可怜的小颗，她要受到你的多少次折磨啊。那年，你在小颗身边陪了她整整一年，她正慢慢地从你哥哥去世的阴影中走出来，你对她来说，完全成了 16 岁的你和你哥哥两个人的合体。她跟我说她经常会做噩梦，因为她分不清，出现在她梦里的，是你，还是你哥哥，或者，谁也不是。其实，时间是最好的良药，我想，要是你能一直好好在她身边陪着她，就好像你当年的离开，你哥哥一直陪在她身边一样，她早晚会接受你的。"

我默默地坐着，是的，我是这样一个罪人，我伤害小颗那么深，可我现在还坐在这里。我突然害怕起来，要是小颗来到这里，看到我，那会是什么样的痛苦啊。

不，我要离开这里。我不能再伤害小颗。我站起来，抓过桌子上的那张照片，跑出了糖水店，我一路奔跑，最后趴倒在哥哥的坟墓上。

哥哥，我亲爱的哥哥，为什么我们要同卵双生，要是我们从来就只有一个人那该多好啊，你不会因为先天性的脑瘤而离开。哥哥，你知道吗，你去世的那年，我正在接受治疗，我的脑袋里也有那该死的东西，他们说我很幸运，还可以割除，可是它遗留下来的根会慢慢地吞噬我过去的时间。

它先吞噬了我的 16 岁那年，等我回到小颖身边的时候，它又开始吞噬我跟她在一起的每一天，我知道她是我爱的人，可是，渐渐地，我越来越忘记我为什么爱她。最后我选择再次离开她。就是因为我害怕我会站在她面前，却不知道自己为什么爱她。我会更深刻地伤害到她，我会让她一辈子都活在痛苦里。哥哥，哥哥，今天我还记得你在这里，可是明天，我就会开始忘记更多的东西。我想，我是受到了某种诅咒，我将把未来的时间全部用来寻找过去。

那天，我坐火车离开了那个城市。我想趁我的记忆还没完全消失前，把这些都记录下来。

我一直记得我写在墙壁上的那最后一句话。

……

小说最后一段的这页被撕掉了。我对墙壁上的这一句话感到好奇极了，可是，已经黄昏了，为什么糖水店还不开门。

我再次绕着糖水店走了一圈。

我在左边的墙壁上看到了一个红色的"拆"字。

原来这里是要拆迁了，看来这个店是停止营业了。

我觉得我快马上睡着了，不行，我得回到家里去，不然，明天醒来，我就不知道我的家在哪里了。

真是遗憾，我不能看到他在墙壁上写了句什么，我也不能等到他再次来到这个糖水店来寻找他失去的记忆。

我搭上了回家的火车，在走上火车的那个瞬间，我看到了一个女孩，我认识她，她叫小颖，我记得所有现实存在的，虽然我不知道我和她之间发生过什么。我挥动手中的笔记本叫她的名字，她似乎听到了，转过身来看我，这个时候，火车已经渐渐开远了。

有一张照片从我的笔记本里掉了出来。

我还看到"寻找大象"四个字。

我还来不及想到更多的事情，我终于还是睡着了。

我在火车上睡着了。

假 发

我们只是盲人

能摸到的都是阴影

1

很不喜欢这种天色，会让人失去时间感，黄昏仿佛从未到达过这个世界，我直接从白天滑进了黑夜。

停在天桥底下抽烟的时候，我摇下车窗，看了看天空，是墨蓝色的，剩下的几朵白云无处可逃般地堆在那里，苍白冰冷，像无助的被遗弃在荒原上的小羊羔。

路灯也被冻结住了，那些微弱的光只是从吞噬这个世界的黑暗兽牙缝里挣扎出来的一些残余物。

这一切压抑得让我胸口发闷。如此低沉的天空，就好像是有外星人即将前来入侵的前兆。

我感觉那成片的昏暗就像大象抬起脚要落下的阴影，每次都刚好落在我的身后。

这样的晚上我不知道会发生什么样的事情，产生什么样的幻觉。

我下车买了一串臭豆腐，边吃边和几个同行聊天，讨论这该死的天气和女人。他们中总不时有人会在深夜碰见这样那样的艳遇，且多以年轻的女孩为主。她们因不愿付车费宁愿以自己的身体代之，就在车上，某条巷子里，或者失修的灯杆下。

那些女孩大多集中在凤首路一带。

从天桥下慢慢驰出的时候，天突然下起了雨，不大，却很密集。我打开雨刷，开始听许巍的《时光·漫步》。

已经有几个月没下过雨了，我哼着歌看着前面灰蒙蒙的街道，灰蒙蒙的行人。

有人招手我就轻轻地停靠下来，他们说出一个地名我就向那里开去。这个晚上的生意很好，雨天的生意总是特别好，可惜我并不喜欢雨天。

我不喜欢他们湿漉漉的肮脏的屁股和表情，他们的厌烦和咒骂。

临近午夜的时候，我的车在十字路口处拐进了凤首路，仅仅是因为左拐的绿灯刚好亮着。

凤首路有这个城市最大的地下通道和地下商场，待着很多流浪汉，卖廉价的商品，进行廉价的交易。

下雨的缘故，原本热闹的街道一下变得冷冷清清，偶尔有人从地下通道口冒出来，拦一辆车离去。我把车停在一个公交站前，跑到刚要拉下店门的小卖部买了一包烟。

躲在车里抽烟，并不着急走，今天已经跑够趟了，我不贪心。

我从后视镜里看到一个小女孩环抱着自己站在公交站上，偶尔跺脚。

我饶有兴趣地抽着烟从后视镜里看她，从她金黄色的高跟鞋开始往上打量，粉红的长丝袜，紫色的紧身短裙，白色胸衣，黑色的毛线长衫和蓝色的头发。

我弹掉烟头，把车慢慢倒到她面前，然后探出头说："没公共汽车了，打车走吧。"

她看了我一眼，不说话，别过头去看路的那方，有车灯照射过来的时候她的脸就浮出一丝亮色，但是随着车辆的飞驰而过，她的脸又马上暗淡了下去。

我也没再和她打招呼，只是把音乐开得更大声一点，已经听了一个晚上的许巍了。

在我点燃第五支烟的时候，她终于忍不住拉开后车门钻了进来。

给我一支烟吧，她说。

我依旧从后视镜里看她，有点笨，又带点小聪明，眼影画得很重以至于看不清她的眼神。

我掏出烟和打火机举过肩膀，她伸手接过，点燃一支后又把它们递还给我。

"去哪里？"

"你想带我去哪里？"

我想到之前在天桥下听到同行们说的艳遇，开头大抵和这相似。我没马上说话，手指在方向盘上慢慢地敲打着。她低着头抽烟，蓝色的头发让我想到一种未曾谋面但存在于我记忆里的毛皮小动物。

"你住哪里？我送你回家吧。"

"和平路。"她抬头看了我一眼。

我摇上窗户，驰进了苍茫的夜色之中。

半个小时的车程里，我不止一次想象过她是个外星人，还不懂得说太多的人类语言。

车停下来后她跟我说钱不够，只有 5 块，刚好够坐公共汽车。

我转身看了她一眼，虽然一脸不在乎的样子，但那神情也不像在说谎。

"下车吧。"我朝车门那边歪了一下脖子说。

她打开车门，迈出一只脚，又回过身来对我说。"大叔，能不能把你的电话给我一下。"

她用我的手机拨打了一个电话然后挂掉。"这个是我的号码，等这个月发了工资，我就把车钱还给你。"

她转身向一栋没有路灯的老楼房跑去，

等到她从后视镜里消失后，我才慢慢地离开，左手握着方向盘，右手拿着手机看她刚刚拨打出去的电话。

2

在加油站加油的时候，她打来了电话。

"大叔，你能不能来接我？"

开回那个路口，她正站在那里，小小的身子在轻轻地发抖。

她缩在后座上，头发已经湿了，我把车上的纸巾递给她，她上车后身子抖得更厉害了，我停车脱掉外套也塞给她。

她披着我的外套，卷着身子躺倒在后座上，带着轻微的抽泣声慢慢睡着了。

把车停好之后，我把她叫了起来，然后一起回了我住的地方。

凌乱的一居室。我让她先去洗个热水澡，自己烧了壶水，弄了两碗泡面。

她穿着我的大衬衫出来了，袖子太长太大了，看上去像是穿了戏服。她明显是饿了，一边吸着鼻涕一边很快就把那碗面吃得一根不剩，还有那些汤。

她的鼻尖冒出轻微的汗，皮肤很嫩，只是右边嘴角处有明显的瘀青，所以吃面的时候尽量向左边歪着头。她的眼睫毛很长，让我不由自主地想到我车上的那两把雨刷。

她吃完后打了个嗝，把面碗很熟练地往门后的垃圾堆那里一扔，就躺到我的床上去了。

我洗好澡后在她的身边躺下。

她睁开眼睛看着我说。"大叔，对不起，我今天身体不舒服。"

我侧过身子关掉灯和她说："睡吧。"

一会儿她又起身开灯，抱紧了被子看我。

我走到卫生间里把她换下的衣服扔进洗衣机里洗好甩干，然后拿出来挂在窗口附近。

再次关灯之后，她从背后抱住我，小胸脯紧紧地贴在我的后背上。我轻轻地转过身去，她的头顶着我的下巴，曲蜷在我的怀里。

"大叔，你真像一只大象啊，宽厚又温暖。"她喃喃低语。

雨天总是容易让人睡得天昏地暗。我觉得嘴巴特别苦涩，下身涨得难受，做梦要上厕所的时候才醒了过来。我的手臂已经麻掉了，她依然蜷在我的怀里，只是嘴里不停地咕喃着什么，牙齿互相碰撞。我感觉到胸口特别烫，摸摸她的额头，已经烧得很厉害，整张脸都有些通红，身子在发抖。

我赶紧给她换好她原本的衣服，抱着她去了附近的诊所。

医生一边给她打点滴一边怪我这个家长不知道怎么当的，她烧得这么厉害了才送来。

我把外套给她盖好，然后坐在她的身边发呆。挂了三瓶之后，她的烧才渐渐退了下来。

和她离开医院的时候，医生又责怪了我一番，并吩咐我要让她好好休息一段时间，不能再穿这么少了。

听到医生说我这个爸爸不知道怎么当的时候，她很调皮地挽住我的手臂朝我吐了下舌头，虽然她的身体还是很虚弱。

　　她坐到我车上的时候问我。"大叔，你几岁了啊？"

　　"30。"

　　"哇，那不是挺年轻的嘛，才大我 12 岁，为什么看上去像我爸爸了呢？你该去刮刮胡子啦。"她过来摸我野草般的胡子。

　　一会儿她又很紧张地问我几点了，然后要我马上送她去凤首路，她要去上班，不然老板会生气的，会被扣工资的。

　　"我还是送你回家休息吧。"我说，"你打电话和老板请个假。"

　　"不行不行，店里就我一个人，老板忙不过来。"

　　我拗不过她，只好送她去了昨天遇见她的那个公交站。

　　她急急忙忙地下车，跑到地下通道的入口处，又急急忙忙地跑回来把外套还给我，然后一边赤着脚跑一边说："等我电话。"

　　我掏出电话，看到她的号码，储存的时候我犹豫了一下，然后输入"小蓝"两个字。

3

　　她的高跟鞋还在我的家里。

　　她就像一个突然来又突然离去的外星人那样失踪了几个月。

　　如果不是它们，我甚至都开始怀疑是不是真的遇见过这样一个女孩。

　　金黄色的高跟鞋在杂乱的空间里显得那么突兀。我一直没去动过它们原本的位置。有时候我看着它们，会产生一些幻觉，像是有生命的东西，比如小猫？又好像是外星人留下的某种信号，说不定哪一天，她又突然从那里出现了。

　　我买了一把刮胡刀，每天起来，我一眼就看到那双高跟鞋，它们一动不动地待在那里，我就觉得很安心，然后去洗手间里很认真地刮胡子并从镜子里看着它们。

她再次打来电话的时候，已经是春天了，说让我晚上 10 点左右去接她下班，然后一起吃夜宵。

我在 8 点多的时候就拐了过去。春天这个时间段的凤首路异常热闹，车也堵得厉害，我把车开到地下停车场，然后从上次她消失的那个地下通道入口走下去。

沿着台阶下去，路边摆了很多地摊，来往大多是一些年轻人，也有一些老弱妇孺的乞丐以及卖艺的流浪汉。

想起很多年前，经常在这里走动，还只是刚开通的地下通道，并没完全修建完，来往的人也不多，一到晚上就冷冷清清，阴森得很，时常也有抢劫强奸等事件发生。

还是觉得自己老了。

地下通道里人声鼎沸，温度也要比外面高出不少。我脱下夹克挂在手臂上开始寻找小蓝，不时有一些打扮奇特的年轻男女塞来传单，都顺手扔进一旁的垃圾桶里。

这里四通八达的过道加上胡里花哨、琳琅满目的商店很快就让我迷失了方向，我有点盲目地随着人流前行，觉得自己仿佛进入了一座没任何指示的地下迷宫，又仿佛一直在原路打转。

也不知道走了多久，我打算退出地下通道回到地面上的那个公交车站等她的时候，发现自己找不到那个出口了，好像每个拐角都有可能是通向那个出口。

我愣在原地想掏出电话找小蓝来领我这个迷路的老男人的时候，我看到了她。她正站在一个假发店的门口推销假发。

这次她的头发是粉红色的，波浪卷，像芭比娃娃。我才意识到她那天戴的应该也是假发。

我并没有过去和她打招呼，因为她的老板还在那里，看上去脾气不会很好。而我到这里来，也只是想看看她到底在做什么样的工作。

我走进了对面的奶茶店，要了一杯珍珠奶茶坐在那里看她。

她一直站在店门口，面带笑容，手里拿着不同的假发向路人推销。

我在想，当她戴粉红色的假发的时候，我是否应该叫她小粉红，戴绿色的时候叫她小绿，那么，如果是戴白色的呢？

快十点的时候，地下通道里的人渐渐地少了，她掏出手机看了看，然后回到店里面去和老板说着什么。

我从奶茶店里走了出来，很聪明地想到，只要我随便走到一个出口，到了地面上，我立刻就能分清方向了。

清凉的夜风吹来，我深深呼吸了一下，突然爱上了这个城市的气息。

我一边穿上夹克一边穿过马路来到那个公交车站，她也刚好从那旁边的地下通道出口处走出来。

一看到我，她就开心地跑过来。"大叔，你真准时。"

她带我去附近的大排档吃烧烤喝扎啤，还给我点了一打的炭烧生蚝，要我一个人吃完。

我一喝酒整张脸就变得红通通的，她那张粉嫩的小脸凑过来，带着奇特的酒香，她摸着我那条从右边眉弓到左边嘴角的伤疤说，"大叔，你真性感，这样子真像个冷酷的杀手，不过，你这个杀手不太冷，哈哈。"

吃完烧烤后，我们一起去地下停车场取车，她就像一个贪玩的小孩子那样假装害怕，大呼小叫的，回音让她更加兴奋。

"大叔，你不要强奸我，我还未成年呢。"她跑到我面前抱着自己，用很可怜的语调说，然后自己又忍不住笑起来，传得格外远。

4

一进房间的门她就抱住了我，踮起脚尖，没等我反应过来，她已经咬住了我的嘴唇。

我搂住她细弱的腰，把她抱了起来。她的双腿顺势夹住我的腰，气喘吁吁，依然不肯放开，直到她的口红化开在我们彼此的嘴角，她才跳下来和我说，"大叔，你知道吗，我特别想你。"

我又把她抱了起来。她很怕痒，笑得像一只小泥鳅那样在我身下钻来钻去。

只是无论如何，她不肯脱下她的假发。我搂着她，用下巴顶着她的头顶说，"你叫什么名字？"

她说她没有名字，从小到大别人都叫她小妹。奶茶小妹，烧烤小妹，雪津小妹，假发小妹。

"你喜欢卖假发的工作吗？"

"喜欢啊，这个工作我做得最久了，有两年了呢。"

我说，"那我以后叫你弥路好不好？"

"弥路，弥路。好啊，很好听啊，我终于有自己的名字了，真开心，这是我收到的最好的生日礼物，奖励香吻一个。"

她把那个很久没用过的浴缸刷洗得很干净，然后我们就躺在那里面，她拿出刮胡刀准备帮我刮胡子。

"大叔，你一直都开出租车吗？你是本地人吗？"

"我以前开过酒吧，游戏代练公司。在建筑公司和房产公司工作过，开过烤肉店，画过工笔画，做过酒吧的客户经理，还兼职过商务伴游，俗称‘鸭子’。只是不陪睡觉，因为我很丑。"

"哈哈，大叔是挺丑的。"

"你呢。是本地人吗？"

"我也不知道我是哪里人。"

"怎么会。"

"我很小就被不同的人收养，又跑掉……反正，一直到十四岁我就开始独立生活了。"

"你男朋友呢？"

"刚分手一段时间，我跟他在一起三年多了，他现在伴大款去了。大叔，你说，我也去伴大款好不好？"

我搂着她，不说话。

她开始很认真地帮我刮胡子。

"大叔，弥路是你爱过的女人的名字吧？"她突然说。

我身子微微抖了一下，下巴处刮出一道小伤口，她赶紧把手收了回去。

我裸着身子站起来，走到水龙头那边，用水冲掉胡楂儿，然后用毛巾轻轻地擦了擦那个伤口。

我点燃一根烟，又坐回浴缸里。她偎依在我的怀里，很乖，我轻轻地摸着她那顺滑的假发。

十年前，我给人当私人司机。那个人很有钱，但是却很丑，比我还丑，快四十岁了还没结婚。

他经常和一些朋友去夜店玩小姐。

后来，他喜欢上了一个小姐，并娶她做了老婆。

那人就是弥路，比我大六岁。

她是为了替赌鬼老爸还高利贷才不得不去那种场所赚钱，他对她很好，他很有钱，虽然丑，但是嫁给他总比待在那种场所里强，而且他答应替她还清家里所欠的高利贷。

原本以为可以那样嫁为人妇安心地过平稳的日子，谁知道出了虎穴却进了狼窝，不仅婆家的人都无法接受她三陪女的身份，他甚至有很奇怪的癖好，比如做爱的时候自己要戴上明星的面具。此外又多疑，成天把她关在家里，当作泄欲的工具。有时候会带她去见一些朋友，因为她的美丽会让他很有面子，就算她心里再别扭再难受，也要强颜欢笑，任他摆布吆喝，更不能和别的男人说话。甚至让我监督她，比如她去做头发的时候，和哪个男人说过话都要汇报给他听。

他对我倒是很放心，这也是他找我给他做私人司机的原因，丑，而且没钱。

时间长了，他的行为我越来越看不过去，每次单独和她在一起的时候都尽量开导她，让她看开点儿，久了她就很信任我，会在我面前倾诉他的种种兽行，她对生活的绝望。

后来，我们就以姐弟相称。

有一次，她在我边上哭，我拿纸巾帮她擦掉眼泪的时候刚好被他看到，他就以为我们有染。

后来他把我开除了，并找人在我的脸上刻下这个伤疤。

我承认在我和她的接触中已经对她动了感情，我不知道什么是爱，甚至没有女人愿意和我说话，更不要说像她一样把她所有的不幸都说给我听，把她最软弱的地方完全展现在我的面前。我有很强烈的带她逃离的念头。但我们之间是清白的。

我找到她，想让她和我一起走，去别的地方，她有权去得到自己的幸福。可是她不肯，她说她不能离开他，因为当初结婚的时候签了协议，如果是她主动要离开他，必须把他帮她爸爸还的高利贷的钱还给他。她赌鬼老爸那时候早不知道死哪里去了。

后来，我再也没有见过她。听说已经跟随他的家庭移民到外国去了。

你知道吗，那时候，我都已经做好了杀他的准备。我知道他每天要走的路线，出入的地方，身边有什么人。

只要她能自由能幸福，我愿意和他一起去死。那样，世界上就会少掉两个丑陋的人。

"大叔一点儿也不丑，大叔是个会让人着迷的老家伙。"她开始挑逗我，"你就像是一只大象。"她咔咔笑。

5

后来，她就搬来和我住在了一起，其实就是一箱子衣服和化妆品，只有一只大象的小布偶。看得出来，她很喜欢大象。我问她为什么。她很认真地跟我说："因为大象很有安全感。"

她又抱着那只大象，可是大象又很孤独，它太大了，没有谁的怀抱能够温暖它。

她总是戴着不同的假发出现在我的房子里，她也没有再穿过那双金黄色的高跟鞋。它们一直摆在我的床边。

我每天都会去接她下班，都会提前半个小时过去，在奶茶店里看她站在那里日复一日地向路人推销着假发。

这种生活规律和习惯让我不知不觉地上瘾。

两个月过去了，如果不是那个男孩子的出现，我都不知道，生活应该发生什么样的变化，我真的要这样，和一个小我十二岁叫我大叔的小女孩生活在一起？

男孩子的年纪和她相仿。他也每天来看她，与我不同的是，他很直接地站在店门口和她说话，虽然她是一副很厌烦的表情。

这样纠缠一会儿，他会自讨没趣地离开。

我没有问那个男孩子是谁，因为我并没跟她说过我一直在奶茶店看她的事。她也没和我提起过，天天依然开开心心地赖在我身上一起回家，开开心心地去上班。

直到那天，我如往常那样把车停在公交车站边，然后站在车旁抽烟等她。她一脸笑容地从地下通道口那边跑过来，抱住我的脖子就亲了一口。

那个男孩突然从一个角落跑出来。

"我说你这次翅膀这么硬了，原来是和老男人混一起了。"

我下意识地把她拉到我的身后，"你是什么人，说话小心点儿"。

他很不屑地笑了笑。"我是她男朋友，我倒想知道你是谁，是不是少女诱拐犯？"

没等我说话，他又探头对躲在我身后的她说，"我说你是怎么了，没人要了是不是，找了这么一个又老又丑的穷司机"。

我冲上去要打他，被她拉住了。

他一边往后小跑，一边说："你要干吗？你要干吗？你再过来我就报警。"

我不理会他，拉着弥路上了车，准备离开这里。

他又冲过来，用随手拣到的石头砸我的前车灯。我猛地一踩油门，车往前一冲，又紧急刹车，本来只是想吓吓他，没想到他跑得太急了一下趴在我车头，整个人往后倒去，脑袋砸在公交车站的台阶上。

弥路拉开车门跳了下去，跑到他的身边，扶起他的脑袋。他已经昏了过去。

她抬头朝我看过来，很怨恨的眼神。

我下车，想抱他上车送去医院的时候，有一辆巡逻的警车停了下来。

一个警察开警车送他们去了医院，另一个把我和车带到了警察局。

虽然他们没有起诉我，但是因为过失驾驶导致他人轻伤，我被吊销了运营执照和驾驶执照，并被拘十五天，车也被公司收了回去。

十五天里，弥路来看过我一次，说他只是轻微脑震荡，她说她要回到他身边去照顾他了。

"我发现我还是离不开他，我像以前那样爱他。在我无处可去，没人要的时候，是他教我怎么在这个世界上存活下去，他是第一个让我觉得我不是独自一个人活在这个世界上的人。对不起，大叔。"她低着头，不肯看我的眼睛，"或许，我和你在一起，已经抵掉了他离开我跟别的女人待一起的事。大叔，你是好人，以后要好好照顾自己。"

等我从警察局里出来的时候，她已经把她的东西都拿走了，只留了那顶我第一次见到她时她戴着的蓝色假发。

我不再刮胡子，也没出去找工作，依然每天去奶茶店看戴着各种不同的假发站在那里卖假发的她，看她的男朋友过来接她，看他们亲密的样子，看他们吵架的样子，看他打她一个巴掌又很心疼地抚摸她的样子，看他们走进那栋没有路灯的老楼房。

很快，我房间里的啤酒瓶就倒了一地。

我躺在床上，侧过头对着墙上那顶假发发呆。我坐在浴缸里，透过没关上的门对着假发发呆。我时常出现幻觉。

之所以说是幻觉，是因为我不知道我看到的哪一个是弥路。

6

也不知道过了多少天，我在梦里听到有人在敲门。我来不及穿上衣服，光着身子从床上跳了起来，冲到门口拉开门。

弥路。

门外的人是弥路，不过，是十年前突然消失的那个弥路。

我愣了一会儿才发现自己是光着身子的。她不好意思地侧过身去。我关上门，深呼吸了一口气，然后穿好衣物再次把门打开。

"你果然还住在这里。"她说。

然后是很长一段时间的沉默。

她把包放在我的床边，然后开始帮我整理房间，看到那假发的时候，她带着疑问的眼神看了我一眼，当然，她什么也没问，也没去动它们。

她变得更加风韵，除此之外，仿佛十年的时间，只是一下就过去了，什么也没有变化。

她跟我说，这次她是回国来找人的。她说，她老公在三年前死了，他家族不肯承认她，把她给赶了出来，幸好那时候她已经有了一定的积蓄，自己开了一家小超市，在最艰难的时候，有个当地人一直在帮她。后来，她就跟他结婚了，现在过得很幸福。虽然，她和他之间有很多不同的地方，但是起码能彼此包容，虽然说不上是爱情，但是生活上可以互相照顾彼此，这样过一辈子没什么问题。

"我是来找我的女儿的。"她说，并意料到我的讶异，"这件事，我一直没和其他人说。其实，在去夜店上班之前，我有一个相处了很久的男朋友，后来我怀孕了，他让我打掉，我不肯，他就和我分手了。生下的是女儿，我怕我的赌鬼老爸不会照顾她，甚至会输到把她都拿去卖掉，于是我就寄养在一个认识的老奶奶那里，可是在她三岁的时候，一个人在门口玩，被人偷抱走了。我怎么找都找不到。也是因为这样，我后来才变得对人生失去了所有的希望。关于我女儿的事，我并不想让人知道。她是我一辈子的希望，特别是在国外的这几年，我总是会梦见她，梦见她总是孤独地待在一个地方，梦见她和我一样痛苦地活着，梦得我心疼。于是我决定回来找找她。"

在接下来的时间里，她从酒店退了房，住到我这里。我打地铺，依然叫她姐。这一段时间，我也没再去过地下通道，只是每次看到她熟睡的样子，看到那边墙上挂着的蓝色假发，我都会想到那个卖假发的女孩。

我们每天都出去找她的女儿，去警察局，收容所……

可是，她甚至连一张女儿小时候的照片都没有。警察推断，估计当时是被人贩子抱走的，可能早就去了其他的城市。人海茫茫，一点线索也没有，根本就无从下手。而且时间过去这么久了，当时都找不到，更不要说现在了。

她开始慢慢绝望，并决定放弃。

她买好了出国的机票。临走的那个晚上，她要我躺在她的身边。

"能跟我说说她吗？"她看着墙壁上的蓝色假发说。

"她很小，才十八岁。"我说，"很可爱，很笨，又有点儿小聪明。她总是站在地下通道里卖假发，她总是戴着各种各样的假发，我从没看见过她真实的头发的样子，有时候我甚至想，她是不是剃光了头发，在上面刺着自己的秘密。她有一个和她年纪差不多的男朋友，男朋友成天游手好闲，她依然很爱他……"

弥路微笑地听我说着她。然后凑过来吻我。轻轻一下，又一下，然后搂住了我，我也搂住了她。我闭上了眼睛。十年，我没想到。我等到了这个时刻。

我常想，只要和她住一个晚上，那就是我的一生了。

弥路突然失声惊叫了一声，拉过床单遮住自己，看着我的背后。

我回过头去，她就站在门口，拉着那个行李箱，戴着火红的假发。

她转身离开。

等我穿好衣服冲到街道上的时候，她已经不见了。只有来来去去的出租车，迅速地在不知道该向哪个方向去追她的我的身边掠过。

第二天，我送弥路去机场，在分开的时候她和我说："要是能找到女儿，她现在也有 18 岁了，希望她能幸福地活着，希望她不会恨我这个妈妈。"

出了机场，我直接打车来到她和男朋友同居的那栋老楼房。从一楼开始，一个门一个门地敲过去。

在四楼的时候，我终于找到了他。

他说："你来干什么？"

我硬要往里冲。"弥路，我的弥路在哪里？"

我朝门里喊："弥路，弥路。"

他拦住我说："弥路，谁是弥路？"

他说："哦，你找她啊，她不是回你那儿去了吗？昨天就带着你们的贱种回去找你了。"

我一把揪住他的领口："你说什么？你再说一遍。"

"你还不知道啊，她怀了你的孩子。我让她去打掉，她不肯。看不出你对小女孩还很有一套啊。她不肯，我只好和她分开喽，连自己都养不活，我凭什么去养你们的种？"

我推开他转身往下跑。

我打开房门，墙上的蓝色假发已经不见了。

我再转身跑到街道上去。

整个世界都在旋转，我看不到她。

弥路……

7

　　我买来很多的假发，都堆放在浴缸里。我戴着蓝色的假发躺在那上面，当阳光照到我身上的时候，我慢慢曲身坐起，抱住了自己的膝盖。

　　弥路。

　　有谁能够拥抱住大象？

狗子快跑

留守是一个词
小孩子式的悲壮
寻找大象
或者只是梦乡

1

夏天，在刚考上的中学注册的途中，我捡到一只刚出生不久的小狗。

我抱着它，一个人坐在学校办公室外面走廊的长椅上。有很多年纪和我一样大的孩子，他们的手被爸爸或者妈妈牵着。他们排着队准备进去注册，都很好奇地看我怀里的小狗。

对面的山很高，我一直坐在那里看着山。

等到所有的人都走了，我才站起来，准备进去注册。这个时候，有两个人从里面走了出来，男的很高很壮，一脸的肉疙瘩，他看到我就问我："你是哪家的孩子，怎么还不回家？"

我说我是来注册的，他说今天已经下班了，让我明天再来。

我抱着小狗转身，默默地往回走。

另外那个女的叫住我，她问我是不是初一来的新生。我低着头说是。她说进来吧，就剩你一个了。

她转身把门打开，我跟着她走到办公室。在经过那个男的身边的时候，他横了我一眼，我怀里的小狗似乎被他吓到了，轻声地叫了几声。

她问我怎么一个人来，爸爸妈妈呢？

我说爸爸妈妈在外地打工，我跟奶奶住在一起，奶奶眼睛瞎了，不能陪我来。然后我把藏在书包里面口袋的学费拿给了她。

她抬头看了我一眼，她的目光很柔和。

"狗真可爱。"她说，"我叫梦熙，以后就是你的语文老师，也是你的班主任。"

"很快就注册好了，"她一边锁门一边说，"后天正式开学，记得不要迟到。"

走出校门后，我抱着小狗沿着墙角慢慢地往家走。她坐着那个男的摩托车上，然后在前面停了下来。等我走到她身边的时候，她说天黑了，路不好走，而他们刚好顺道，可以送我回家。

我还在犹豫的时候，那个男人一脸不耐烦的表情催促着我快上车。

我坐在她后面，一手抱着小狗，一手抓着车后座的铁架，身体尽量后倾，不敢靠近她。但是她的头发还是不时地拂过我的脸，弄得我只想打喷嚏，可我又不敢，只能一直忍着。

一路上，小狗偶尔会呜呜地叫上几声，我觉得她身上有一股很好闻的味道，很熟悉，很亲切。

回到家后，我一边在灶下烧火做饭，一边对半躺在床上的奶奶说："我的班主任叫梦熙。好听不？"

奶奶咧开只剩一个大门牙的嘴呵呵地笑。

火光映红了我的脸。小狗趴在我的脚边睡得很安稳。

从此，它就成了我最亲密的伙伴。我用方言叫它"狗子"，因为我是狗年生的，我的小名就叫"狗子"。

2

开学第一天我就迟到了半个多小时，我低着头不敢看她。我捂着书包，狗子在里面不安分地动着，只是没有叫出声来。

她没有责怪我，让我到第一排靠窗的那个位置坐。

放学后，她把我叫到了她的办公室，我又遇见了那个男人。

"怎么了？"他说。

"他迟到了半个多小时。"

"我那天看到他就知道他不是个什么好学生。"

这个时候，我书包里的狗子叫了几声。

"你看，你看，还把狗带到教室来了。以后不准把狗带进学校，知道不？"他跟我说。

我低着头不说话。他抽着烟端了一杯茶走出去。

"为什么迟到这么久？"她说。

"起来晚了。"

她看了我一会儿，然后突然想起了些什么，"你是走路来上学的？"

"是。"

"哦。"她站了起来，我偷偷抬头去看她，刚好看到她也在看我，我又赶紧把头低下去。

她笑了。她说："老师又不是山里的野猪，你怕什么？"

过了一会儿她又说："走路过来要两个多小时吧？"

"我走得快，一个半小时就够了。"

她牵起我的手走了出去。

在教师宿舍的杂物间，她让我在门口等她一会儿。

几分钟后，她一边咳嗽一边从里面推出一辆女式的自行车，"这是我以前用的，打上气就能用，你拿去吧，以后不准迟到"。

我往后退了退，摇了摇头。

她说："老师给你的，你就拿去。"

我抬头看着她，又摇了摇头。

她有点急了，"你这孩子怎么这么倔"。

我低下头，声音小得几乎自己都听不到："我不会骑。"

她乐了。

后来的一个星期，每天放学后，她都在操场上教我骑自行车，直到觉得我完全可以了。她甚至让我载上她绕着操场骑了两圈，她才放心地让我把自行车骑回家。

从那以后，我一直记得那样的场景。

夕阳西下。

她在后面扶着车，我摇摇晃晃地骑着，一不小心就把车头扭了，一脚撑着地，回过头去不好意思地看着她鼓励的眼神。

她悄悄地放开手，看着我骑，等我发现她没跟在我后面时，又紧张得摇摇晃晃起来，她赶紧跑过来扶住。

她站在操场边，微笑着看我死死地抓着车把，稳稳地向前骑去。

她坐在我的车后，我载着她，有时候晃了一下车把，她就吓得跳了下去。

她坐在我的车后，很放心地松开双手，还哼起了歌。

从那以后，直到我离开那个学校，我再也没有迟到过。

3

不迟到并不证明我是个好学生。

除了语文课，其他的课程我几乎都是对着窗外的山发呆，我不合群，我只和我的狗子玩。

期中考的时候，我的语文拿了全班第一，其他的科目却全是不及格。

梦熙老师把我叫到办公室，她问我什么我都不回答，她就决定去我家里做家访。

周五放学后，我架好自行车在校门口等她。我看着秋天的夕阳慢慢地染红了天空，又想起她坐在我的车后面时那温柔的笑。我甚至在想，在去我家的路上，我一定要骑得慢一点，不能颠到了她。

可是她是坐在那个我讨厌的男人的摩托车后面，他们让我在前面带路。

男人是我们学校的教务处主任兼学生管理处处长，他很凶，会打骂犯错的学生，几乎所有的学生都不喜欢他。前几届的学生给他起了个外号叫"黑熊"，没有人知道他的真名。

我一直想不通，梦熙老师为什么会嫁给这样的一个男人。

他甚至每天都会把我拦在校门口，检查我有没有把狗子藏在书包里带进学校。

这个时候，我的狗子已经长成了一只健壮的小狗了，它每天都会跟在我的自行车后面跑，偶尔会停下来，对着路边田地里的小鸟叫上几声，吓得它们四处飞散，它才开心地又追了上来。它很聪明，每天都会乖乖地在学校附近游荡，放学的时候准时在校门口等我一起回家。

他们在村口停下了车。她跑去买了一袋苹果，其实我很想告诉她，奶奶只有一个牙齿，根本就咬不动，可是我始终是个不爱说话的人。

她的到来让奶奶很开心。

奶奶不时地叫着我的小名："狗子，去给老师搬个凳子。"

"狗子，去给你老师倒杯水。"

"狗子……"

我第一次这么讨厌我的奶奶。黑熊以后肯定当着所有学生的面这么叫我："狗子，过来。"

"狗子，你是不是又把你的狗子带进学校了？"

……

老师并没有像我想象的那样向奶奶告状，她只是很随意地问了我一些家里的情况。

奶奶要留她下来吃饭，她执意不肯。她说她还要回家做饭，她说："我儿子和狗子一样大呢，不过却什么家务都不会做。"

奶奶让我送她去村口。

我默默地跟在他们的后面。

到了村口的时候，她停下来让我回去。我站着没动。她问我："狗子，你为什么总是对着窗外的山发呆，你在想什么？"

我说："老师，你说，那山里面有没有大象？"

她笑着说："看你不好好念地理和生物了吧，这山里面最大的动物就是野猪了。"

她又说："你为什么觉得那山里面有大象呢？"

我说："奶奶眼睛没瞎以前，会把我背在背上，带我去田里干活。我总是会睡着，而我总是会梦见大象。我躺在它的背上睡着了，它就一直一直走着。可是奶奶眼睛瞎了以后，我再也梦不见大象了。"

她走过来摸了摸我的头，叹了一口气。

我站在村口看他们离开的背影。我在想，她的儿子一定很幸福。

4

下学期她就把我调离了窗口的位置，可是我依然很容易走神。

我总是在想，在那密林深处，是不是真的有一只大象在那里。有时候，我甚至会骑着车带上我的狗子到达那山脚的地方，那里有块很大的岩石，上面用红色的漆写着："野猪林，危险！"

我始终没有进去过。

一学期就这样过去了。寒假的时候，我还是会每天骑着自行车带着我的狗子跑到山脚下乱兜，会去看梦熙老师的宿舍，她早已经回到县城的家里去了。整个学校里空荡荡的，只有看门的老头有时候会坐在门口打盹儿。

这个春节，爸爸妈妈打电话到邻居家。他们说今年的车票特别难买，又贵，所以就不回来了。

他们已经两年没有回家了。

春节的那几天，奶奶一直在唉声叹气。她每天比以前更早起来，更晚睡。有时候院子的门被风吹响，她都会叫我："狗子，狗子，你去看看，是不是你爸爸妈妈回来了？"

新学期开学后，我怕奶奶太孤单了，就让狗子留在家里陪她，因为奶奶即使一个人在家也会不时地叫上两声"狗子，狗子"。

这是她眼睛瞎了以后的习惯。而我已经在寒假的时候训练好狗子，只要奶奶这么叫，它就会应上两声，这样，奶奶就不会觉得孤零零一个人活在黑暗里了。

一个多月后的一天，正在上语文课的时候，狗子突然冲到我的教室门口不停地叫着，黑熊就跟在它的后面追打它。

狗子冲到教室里，咬住我的裤脚就往外拖，过了好一会儿我才反应过来。

我冲出教室，冲到停车棚，拉出我的自行车，手忙脚乱地打开锁，这个时候我听到了狗子呜呜叫的声音。

我跳上自行车一路飞奔回家，顾不上梦熙老师在后面拼命地叫我。

"奶奶，奶奶……"我从自行车上跳了下来，把它推倒，直接冲到奶奶的床前。

可是奶奶再也不会像以前我每次回家那样咧开嘴笑了："狗子，回来了？狗子，今天你爸爸有没有打电话回来啊？"

"奶奶，奶奶……"

我傻傻地站在奶奶的床前，握住奶奶的手，嘴里不停地喃喃着。

奶奶的手那么冰冷，但是我好像感觉到她开始有了温度，原本紧握的拳头慢慢地松开了，手里是她七十大寿时，爸爸给她打的一个金戒指，她一直舍不得戴。

昨天她才让我把它从她当年陪嫁的一个木箱子里拿了出来。她一直在跟我说："狗子啊，奶奶没有什么东西留给你，只有这个戒指了。狗子啊，以后你一定要听老师的话，老师是个好老师啊。狗子，你不要生你爸爸妈妈的气，他们在外面也不容易。狗子，你爷爷去得早，当年你爸爸在你这个年纪的时候，连饭都吃不饱，有一次他去偷人家的蛋，被抓住了打得很惨，狗子，那是你爸爸为了给我过个生日，想下碗面条给我。我们娘俩抱在一起哭了一整天。狗子，奶奶想再背背你，当年我也是那样背着你爸爸的……"

可是，我为什么没有一点预感呢。

不一会儿，老师坐着摩托车过来，她一进屋看到这个场景，就把我搂在她的怀里。

我这才放声大哭起来，然后我听到狗子痛苦的呜呜叫着的声音，我看到它跳到奶奶的床上，用舌头去舔奶奶还没干掉的泪痕。

梦熙老师的眼泪掉在我的脖子里。

5

两天后，爸爸妈妈才赶了回来。

我坐在房间的门口，看到爸爸在奶奶的身边整整坐了一个晚上。

我只看到他的背影，没有听到他的哭声。什么也没有听到。

狗子一直趴在我的脚边，不时朝门外叫上几声。

第二天，奶奶就下葬了，就在学校前面那座山的山坡上。

一路上，我一直跟在奶奶的棺材后面，我没有哭，也没有流泪，狗子一直一瘸一拐地跟在我的后面。狗子那天冲到我教室里后就被黑熊给打断了一条腿。

我看着奶奶下葬，看着爸爸跪在奶奶的坟墓前，不知道从什么时候开始，爸爸的头发变得花白，爸爸的背也驼了下去。

后来，爸爸妈妈要给我买一辆新的自行车，我说什么也不要，他们说既然我不想念书，就带我一起去外面，我也不肯去，我讨厌外面。

梦熙老师和爸爸谈了很久，我看到他在不停地抽烟。

爸爸妈妈还是出去了。我又继续去上学，狗子依旧会一拐一瘸地跟在我的后面。

但是我开始逃课。我会逃掉第一节课后面所有的课，包括梦熙老师的课。

　　最多的时间，我都和狗子一起坐在学校旁边的那个大水坝上，隔着那一片湖。奶奶的坟墓就在对面的那个山坡上。

　　梦熙老师找我谈话，我总是低着头，一句话也不说。

　　她开始会骂我了，但是每次骂完之后，她会把我的头搂在她的怀里。

　　我在大坝上发呆的时候也会怀疑，我是不是因为贪婪那一个时刻的温暖，所以会越来越放肆地逃课。

　　黑熊自从打断我的狗子的腿以后，就不敢再取笑我，骂我。每次看到他，我总是面无表情地盯着他，开始的时候，他还想解释些什么，可是很快他就放弃了，他甚至开始尽量躲开我的目光。

　　爸爸给我汇越来越多的钱。

　　自从那次我把自行车摔了以后，就开始不断地出现问题，但是我从来没想过要换掉它，有些时候骑到半路突然坏了，我就推着它去上学。我答应过梦熙老师，我不会迟到。

　　初二那年的寒假，爸爸回来给我办了寄宿，我住到了学校里边。我在学校旁边找到一个小山洞，狗子就住在那里。上课的时候我会看到它跑到坝上去晒太阳，或者绕着那片湖水慢慢地散步。我看不到它的时候，就知道它一定跑到奶奶的坟墓那边去陪奶奶了。

　　后来，我开始学会抽烟，开始打游戏机，甚至是老虎机。

　　黑熊经常会跑到游戏机店里去抓逃课的学生，但是他每次看见我，总是装作没看见。

　　不过梦熙老师有时候会跟着黑熊跑到这里来抓我。

　　在初二下学期快到头的时候，我在学校外面和几个当地的小混混赌博，输光了身上所有的钱，还欠了不少。

　　他们在第一节课的时候跑到教室里来找我讨债，那天刚好是梦熙老师的课，她问清理由后，自己掏了钱帮我还给他们，然后黑熊带了几个男老师过来把那些人赶出了学校。

她把我叫到教室的门口。

这次她没有骂我，她说："狗子，你看着我。"

我抬起头来看着她，装作什么也不在乎的样子。其实我的心里好痛苦，她是我身边最亲切的人，可是我又不能克制自己，一次又一次地伤害她。

我们就这样对视了好久。

她扬起手，"啪"的一下打在了我的脸上。火辣辣地疼。

她打了我一巴掌后，眼泪马上就掉了下来，她转身就跑，连课也不上了，直接跑回自己的宿舍。

我觉得那是我最幸福的时刻，我站在那里看着她跑开的身影，也没有去抚摸自己的脸。我多希望那里一直能那样，一直会火辣辣地疼。

6

梦熙老师打了我一巴掌之后，把我的座位又调到了窗户旁边，我开始不逃课了，每天就是对着大山发呆，那里有大象，也有我的奶奶。

初三的时候，我们学校来了一个实习老师，是我们学校的第一个美术老师。以前我们学校的美术课也都是班主任自己教的，大都用来做自习课。

她很年轻，才大三。她和其他老师不一样，她会在班上唱歌，给我们说故事，她的声音很温柔，她的眼光也很温柔。

她很喜欢我画的大象，这让我很开心。

她刚到我们学校的那个周末我回了一趟家。

我给灶里起了火，狗子就趴在我的脚边。我一边烧火一边对空着的那张床说："奶奶，我们学校来了一个新老师，叫秋言，她可好了。她说我画的大象很好呢，她教我画画，还给我买了纸和颜料，她很美。"

火光映红了我的脸。我仿佛又听到奶奶咧开只剩一个大门牙的嘴巴在那里呵呵地笑。

"我很喜欢她。"

她让我带她出去画风景，我就骑着自行车载她在我们乡村的道路上到处找好看的风景。有时候遇到颠簸的路，她就会很紧张地抓住我的衣服，她有着很好闻的香味，她的头发很顺很黑。我喜欢骑得很快，然后偷偷回过头去看她那飞扬起来的头发，她半眯着的眼睛就像我躺在自家院子里看到的那弯弯的月牙。

有时候我也会拉着她的手带她去坝上看夕阳和那一片湖，或者带她到山坡上，对着对面的山喊，听回音。

开始的时候她很怕狗子，总是会躲在我的身后，可是渐渐地，她也和狗子成了好朋友。

她和梦熙老师不一样，我给她说山里有大象的时候，她完全相信，她还说那里一定有一头属于我的大象。

她是那么善良。

可是，她却和黑熊走得很近。

我不知道像黑熊这样让人讨厌的坏男人为什么会让她喜欢。

她会跟着黑熊绕过学校的墙壁去水库那边划船，也会坐黑熊的摩托车沿着盘山公路到大山的山顶上去看夕阳。黑熊经常很晚了去她的宿舍找她，也会带她到学校后面的山坡上放风筝。她甚至告诉我，他带她去看过日出……

她跟我说那日出真的好美的那天下午，我再次逃课，骑了单车，带着狗子沿着那盘山公路往山顶上骑。开始的时候我骑得飞快，我想到秋言老师就坐在我的车后，她还在轻轻地哼着歌。

可是渐渐地，我越来越感到吃力了。我觉得两条腿就像是失去了知觉，最后，离到山顶还有 5 里路的地方，我终于连车一起摔倒了。

狗子蹲在我的身边，不时舔我的脸，我仰面躺在公路上，大口喘着气，我实在是动弹不了了。

那阳光就照在我的脸上，我觉得世界只是苍白一片。

7

如果不是看到梦熙老师那么难过，如果不是看到梦熙老师脸上的伤，我想，或许，我不会给黑熊写下那张纸条吧。

我一直没有生过秋言老师的气，我觉得，一切的一切，都是黑熊的错，只有他那样的坏人，才会伤害到所有人。

梦熙老师和秋言老师都找我谈过话，自从我那次从山上回来又开始不停地逃课。

可是我一如往常那样，只是低着头不说话。

梦熙老师总是轻轻摇头，叹口气。自从上次她打了我一巴掌之后，她就再也没有像以前那样，会把我搂在怀里。

秋言老师则是觉得我莫名其妙，本来好好的，怎么一下子就变成这样了。她说她一点儿也不理解。她说，有什么心里话要说出来，这样，才能找到解决的办法。她说，她最讨厌自暴自弃的人。她说："你还要去寻找你的大象，你这样子，怎么对得起你的大象？"

什么心里话都要说出来才能得到解决吗？那她知不知道，有时候我会一个人跑到山坡上，对着对面的山喊："秋言老师，我喜欢你。"

可是喊完之后，依然会觉得很难受很难受。

在初三下学期期中考的时候，我除了语文，其他的科目全部交了白卷，但是这次梦熙老师没有再叫我去谈心，因为她请了好几天的假，再次来到学校的时候，我看到她的憔悴，还有她脸上的伤痕。

我认定，一定是黑熊欺负了她，一定是跟黑熊和秋言老师之间的事情有关。

我托一个同学给黑熊送去了一张纸条。

我约他下午两点到坝上见面，我要和他解决所有的恩怨。

是的，恩怨。我对这两个字看得特别重，我要用学校最流行的方式，以男人的方式去和他决斗。

中午吃过饭后我就上了大坝，狗子一直趴在我的身边，甚至我都想好了，等黑熊来的时候，我要打发狗子去其他的地方。

我必须自己单独和他解决。

可是我一直等到黄昏，他都没有来。

我一直在心里骂他，诅咒他，我觉得我开始彻底鄙视他，他就是一个懦夫。

我还想了很多其他的事，我的奶奶，梦熙老师把我搂在怀里时的感觉，秋言老师坐在我的车后座唱歌的样子……

我从坝上站了起来，看到夕阳，看到湖面，我对着对面的山喊："我喜欢你，我喜欢你……"

"狗子，狗子。"

我转过身，看到梦熙老师和秋言老师一起爬到坝上来。

原来是黑熊把我给他的纸条给了梦熙老师。

"这个懦夫。"我在心里说道。

"狗子，你一直都这么恨他吗？恨他打断了你的狗子的一条腿吗？他也很内疚，你应该能感觉得到。虽然他做错了，伤害了你，而且永远无法弥补，可是，你也不能用这种方式来解决啊。狗子，老师觉得你的想法越来越让我害怕了，原本我以为，你的叛逆是因为你缺乏很多很多的爱，你是善良的，永远不会去伤害别人。我多想你就是我的儿子啊，一个这么能干又孝顺的好儿子，我也一直把你当成我的儿子，可是，你为什么要一而再，再而三地伤害老师的心呢？"梦熙老师说着说着眼睛又红了。

"老师，妈妈。"我在嘴里轻轻地念着。我说："你能再抱抱我吗？"

"嗯。"她又一把把我搂在怀里，我贪婪地感受着她的温暖，我的肩膀开始抽动起来。

"妈妈，妈妈。"我不由自主地喊出声来。

然后秋言老师也走过来，她摸着我的头，我听到她也哭出声来了。

很久后，我伸出手去摸梦熙老师脸上的伤痕："这里，疼吗？"

她笑了笑："已经不疼了，都怪我，那天硬要自己开车去接我儿子放学，结果在路上被一辆小车撞到了，我就是脸上擦伤，而他在医院里躺了好几天。"

然后她又说："对了，狗子，你秋言老师是特意来和你道别的，她明天就结束实习了，要回学校去念书了。"

我转过身去看秋言老师，她含着泪拍拍我的脑袋："你真是个让人担心的小傻瓜。不过，突然要离开了，还真舍不得你呢，你不知道，我多想有个像你这样的弟弟。"

我默默地低下头去。

然后我听到她又和梦熙老师说："嫂子，表哥还在等我们呢，我得回去收拾行李了。我相信这个小傻瓜一定不会让我们失望的。"

她两只手扶住我的肩膀说："狗子，你听我说。你画的画真的很有感觉，如果你能坚持下去，一定能在自己的画里找到大象的。狗子，我相信你，你也相信自己好吗？和我们一起回学校好吗？"

我轻轻地摇了摇头："老师，你们先回去吧，我想在这里再坐一会儿。老师，我答应你们，以后一定不会让你们失望的。"

"妈妈，姐姐。"我看着她们离开的背影一直在心里念着这两个词语。

泪流满面。

8

我和狗子来到了奶奶的坟墓前。

"奶奶，奶奶。"我轻轻地呼唤着，我开始觉得自己好累好累。

于是就在奶奶的坟墓前睡着了。在睡梦中我再次看到了我的大象，我躺在它的背上，它在慢慢地走着，走着。

迷迷糊糊中，我听到了狗子的狂叫声。

醒过来的时候，看到有一只野猪向我冲了过来，我愣在那里。

狗子扑了上去，被它一下顶开了。

然后我听到有人大叫了一声："狗子，快跑。"

是黑熊，他一下推开了我。

我在滚下坡的时候看到野猪撞在他的身上。

我站起来不停地奔跑。

我听到整个山都在回荡着一个声音："狗子，快跑，狗子快跑。"

不，那不是一个人的声音。

"狗子，快跑。"

我看到很多人举着火把在大声地喊着："狗子，快跑，狗子快跑……"

等待教堂

十指紧扣，微微低下你的头。

善良至少还应该存在于少年少女的心中。

1

我一直以为对自己生活的周遭了若指掌。可是当我站在 2006 年这个春天的尾巴尖上的时候，我才发现，原来，我只是这里的过客。季节变化，物是人非。甚至连那些景物对我来说，都是陌生的，不曾存在于我的记忆之中。

如同这条我走了很多年的坡路，我第一次发现这里居然有这么多的紫荆树，开着紫色的马蹄状的花朵，并且落满我经常走过的那堵红砖头墙的墙角，覆盖了我所熟悉的那些斑驳树荫。

我的脚步放得很轻，很慢，像是突然走进了自己的梦中。回头看到奔跑而过的马留下的脚印在这里开出了花朵。一朵一朵，都是青春里的那些美丽错误。

"我达达的马蹄是个美丽的错误，我不是归人，是个过客……"

2

那些三角梅，那些木棉树。它们都与我的青春与我的记忆与我的爱情有关，并不在此时，此地。可是这些紫荆花，它们如此真实地呈现在我的眼前的时候，我却以为它们只是存在于我的梦境之中。我取出 DV 机想拍下这些，用来作为一个真实世界存在的证据。

我听到有小跑而来的脚步，然后他出现在我的面前敬了一个标准的军礼："你好，这里禁止拍照，谢谢合作。"

我从来没想过，有一天我要描绘一个少年。我从不曾学过该如何描绘一个少年。

穿着蓝白条纹的海军衫，深蓝色的军裤，白色的军帽上有一条蓝色的飘带，手里握着一把步枪。他和我一样高，很是清秀，皮肤并不像我往常看到的那些军人那样粗糙，反而是白皙细腻的。如同，如同舞台上的人物。

他的眼睛清澈，定定地看着我，嘴角含着微笑，礼貌中带着不可抗拒的坚定。

我这才想起对面是海军基地的正门，这里一直是禁止拍照录影的地方。

我放下，对他说抱歉，"这里实在是太美了，真不好意思"。

他很是理解地又对我笑了一下，然后转身跑步回他站岗的位置上。

有风吹过，又有不少花朵飘落。我抬头看到开满紫荆花的黄昏的天空，开始羡慕起他来，每天站在那里，看到的是如此安宁静美的场景。

无论是谁从这里路过，都会走过他的美丽记忆。

3

海军基地后面的山坡上有一个已经废弃的小教堂。这是我做毕业创作的时候无意间找到的一个场所。

我的毕业创作是名为"寻找大象"的短片。

没有剧本，没有角色。只是一个人拿着小 DV 到处走，到处拍。

这么说，并不能让人信服。看过我剪辑出来的短片的人都说，这是一部纪录片。

从头到尾，里面都只有一个拿着一只棕色小熊玩偶的女孩。

开始的时间是 2005 年的秋天。

这个地区正在拆迁，到处都是废墟。拆、盖、拆、盖、拆、盖、拆……这就是人类的文明。

我行走在人类文明的废墟之上，穿过一条很老的弄堂，路边被拆掉一半的店面依然有人在卖东西，都是打折、跳楼价、亏本大甩卖……弄堂口唯一存在着一座房子，不是钉子户，而是民国时期建的一个大使馆，砖头结构，中西结合。很多人在那里拉了横幅，要求政府保护文化遗产。

我站着看了一会儿，领头的是我们大学历史系的教授，一副愤慨激扬的样子，让我想起了热血的青年们。

然后我回头看了看走过的这片废墟，那些大都用泥土和木头构成的老房子，毫无声息地倒下了，像寿归正寝的老人们，不抗争，也不向人们诉说自己到底经历过多少岁月，土生土长，更新换代，随遇而安。

可能是到处都在拆的缘故，我走过一座已经停止营业很久的电影院之后，就迷了路。走入一条没有丝毫记忆的小巷，小巷悠长狭窄，两边有很高的围墙和高大的榕树，挡住了大部分的天空，阴凉的风迎面而来，我仿佛进入了几年来一直被我遗漏的空间。它一直真实地存在着，只是不被我发现而已。

走出这条小巷我就看到了那座教堂。

已经废弃了很久。

大门上长满了铁锈，虚掩着。教堂的前面是一棵很大的银杏树和一棵同样高大的老樟树，树干上都长着一些苔藓类和藤类的植物，地面上落着各种样子的叶子，很干很脆，踩上去有轻微的碎裂的声响。

地上那些腐烂的银杏果散发出新鲜的味道，阳光的味道。老教堂静穆于阳光之中，左边的屋顶有个小小的窗户开着，旁边的柱子已经塌落了一半。几个台阶上去，有个小小的平台，红色的木头大门紧闭，看上去色彩还是那么鲜艳，和门环上那个黑色的大锁头形成明显的对比。

透过剥落的彩色玻璃看进去，可以看到一束天光里的圣母图像。

其他就什么也没有了，甚至没有十字架。我在那个小平台上坐了下来，听风吹过树叶的声音，阳光落满地，还有银杏果掉在地上发出"啪"的声音。

过了一个多小时，我就看到了那个女孩，穿着黑裙子，一手拿着一个红苹果，一手抱着一只小小的棕色小熊，沿着教堂对面的那堵围墙走着。围墙上长着大小不一的狗尾巴草，在轻轻摇摆着。还有很多的青苔以及一簇簇的小花。围墙上架起了高高的带刺的铁丝网，那里边就是海军基地，传出军号和广播。

女孩看到我多少有些惊讶，仿佛感觉到一个陌生人突然闯入了她的密境之中。

但她并不尴尬。彼此微笑着点了个头。她在平台另一边的台阶上坐了下来，把小熊放在身边，从小包包里拿出一个信封，拆开，抽出信看。

很安静。一点儿也没觉察到我的 DV 机正对着她。

看完之后，她拿出一个信笺本，平铺在两个膝盖上。她开始写，有时候会歪着头，自在微笑。

4

我在邮电局碰见了那个海军少年站在我的身边。他很认真地贴上邮票，然后小心地把信投到柜台下方的邮箱里，并做了稍微地停留，好似透视过那个邮箱，看到信慢慢地飘落下去，完全安稳地落在其他信件上的时候，他才能安心地转身离开。

那神情让我想到，他站岗的时候，看到的那些紫花飘落的样子，会不会把它们想象成一页页的信笺。

今天应该是他的假期。

在出门的时候，我开始主动跟他打招呼。

我说我从那条坡路经过的时候，经常看到他在那里站岗。

他应该不记得我了。他只是很礼貌地点点头，并问我是不是附近大学的学生。

"刚刚毕业。"我说。

之后，我们一边走一边聊天。

不知不觉，我们就走过了那条紫荆花飘落的坡路，走到了艺术学院的后门，并在那里小树林中的石头凳子上坐了下来。

他是东北人，今年才满二十岁。初中毕业后他就当兵了。他说："不是书念得不好，当然，成绩也一直一般，其实还是喜欢读书的。但是选择当兵并留在部队，是全家人的决定和期望。"

我告诉他我刚从这里毕业，还没找到工作，一直就住在这附近。

他打量着四周说，"真好，你们的学习环境。"

我说："或者，我们可以换换。"

他笑了。"我不会画画也不会唱歌。再说，我们那种生活，你会觉得枯燥的。"

我说："我们的生活也会让你觉得枯燥的。"

他说："可能吧。什么事情久了，就没了新鲜感。"

我们面对面坐着，很随意地聊着天。他背后有斜斜上去的台阶，不远处有一栋仿哥特建筑的小洋楼，尖的屋顶，是音乐系的练音房，有歌声从那里面飘出来，到达我这里的时候，变得很轻，一下子被风吹散了，柔和地拂过我的脸，薄荷糖的感觉，慢慢地沉到我手中矿泉水的瓶底。

跟他聊天真是件舒服的事，简约干脆中不缺大男孩的天真和小小的任性。

他开始称呼我大哥。他说："大哥，以前我的假期都是一个人过的，能认识你真好，还有这个这么安静的地方。"

我把自己的电话号码给他，让他以后有空了可以找我，可以带他在这个学校或者这个城市里逛逛。

"其实我也是外乡人，不过并不算远。"我说，"我挺喜欢这里。"

他说："大哥是个很温和的人，也怀旧吧。"

后来我问他："你有信仰吗？是和平？"

他笑了笑，并没有回答。

有合唱从音乐系教学楼那边传了过来，不高亢不尖锐，却能抵达人心。

我接了个电话，有事要先离开，就和他道别。

走出门口的时候回头去看，他从口袋里掏出一封信，自己坐在那边，很认真地看了起来。

5

再次在教堂那边碰见她的时候，我们开始打招呼，偶尔说两句话，更多的时间里，她待在那边看信写信，或者对着围墙那边的天空发呆。

而我呢，看书，或者用 DV 拍她，拍她的眼神，手中的红苹果，还有那只躺在她身边的棕色小熊。

自然，并不隐瞒她，她也不反感，有时候拿给她看，她甚至会建议说，稍微移点角度，拍出来会更好看点。

秋天是个很缓慢的季节。

认识女孩子后，倒是经常在学校里碰见她。她和我同年级，是音教班的学生。她经常在那练音房里唱歌。我路过的时候抬头就能看见她站在窗口的身影，长头发，清澈的眼神，她的歌声像是落叶一样，慢慢地飘落。我想用手去接，却又化作了清风，拂过我的脸抚摸我的心灵。

她的窗口朝西，阳光照在她的身上，我在树的阴影里看着她。

看着阳光。

而她则一直望着海军基地那边的方向。

我们开始留了彼此的电话，偶尔发发短信。隔几天一起吃顿饭，一起去图书馆。周末的时候要么打打羽毛球，要么一起在足球场上跑步。音乐系有什么实践演出，她会给我留出一个座位。美术系有什么展览，我也会陪在她身边做一些简单的讲解。难得也会在大操场上一起看一场露天电影，虽然都是看过的老电影，但也都会看到谢幕人散，然后送她回宿舍，她站在窗口和我挥手说晚安。

再后来，我们就相约去老教堂那里。大都是她收到新的来信的时候。

我们一起走在学生街上，买一些小零食，进一些小店看看衣服、小饰品。然后在街口的水果摊上买一个红苹果。

我们一起走过那片废墟，走过一个叫"鹊桥婚介所"的地方，然后就来到了那座电影院后面的那条小巷。

小巷里常年是幽暗的，我总是跟在后面拍她的背影，慢慢地走到小巷尽头大片的阳光里去。可能是反差太大了，她从阴暗走进阳光里的时候像是突然消失了一般。

我从来没问过给她写信的人是谁，她也从来没提起过。

只是有一次，我指着小熊和她手中的信跟她说，"这个是他送给你的礼物吗？"

她微笑着说"是"，一脸幸福的样子。

于是就不再问起。

她在我的镜头前已经很自然了，有时候会和她的小熊跳舞，轻轻地唱歌。

我喜欢看她旋转的样子，喜欢看她趴在窗台前往教堂里打量的眼神。

我问她，"你有信仰吗？是爱情？"

她只是笑笑。围墙那边传来了军号。

已经黄昏了。

6

他每个月只有一两天能够自由活动的假期，自然特别珍惜。

我一直没有去找工作，所以，每次他找我的时候，我都有空。我带他在这个学校里、这个城市里到处走。

第三次开始，他能直接找到我住的地方，还上次从我这里借走的书，再借一本新的。他不贪心，每次都只借一本。

他说他看书的速度很慢的。

"是因为看信养成的习惯吗？"我说。

他摸着后脑勺嘿嘿地笑，实在可爱。

有时候和他一起打乒乓球和羽毛球，偶尔也去玩街机，那个时候完全可以感觉到他还是个很孩子气的少年。

当然，更多的时候我们是在聊天，聊彼此的家人、朋友。

他跟我谈论他喜欢的女孩子。他们隔得很远，却很相爱。

我跟他说我曾经喜欢的女孩子。我们靠得很近，但是却不能相爱。因为她已经有了爱的人了。

那时候是傍晚，我们一起在江上的大桥上散步吹风，看别人钓鱼。

他会抽烟，很熟练，给我的印象很深刻。一边是下班高峰期来往不断的车流，一边是处于缓慢中的江景，有倒影的灯火，偶尔开过一艘采沙归来的船。

"在部队几年了。"他想把烟头扔到江里，犹豫了一下，弹在地上，用脚踩灭，"大哥呢，我觉得所有画画和写作的人抽烟都很厉害的。"

"有时候人会执着于某些小小的，并不重要的东西。"我说。然后我想到了我唯一拍过的那部短片——寻找大象。

他跟我说着他的爱情。他们并没有见过面，甚至没交换过照片。他在一本杂志上看到征求笔友的信息，于是就写了，保持了很多年，是刚入伍的时候就开始了。她是无所不谈的人，觉得很真实，就在身边一样。辛苦的时候，孤独的时候，总会记得远方有一个人，便会好很多。这就是他的爱情了，并没有要求太多。这是青春期一开始就养成的习惯，从此之后再也没有其他的女孩子进入过他的视线。"当年服完兵役的时候有想过去找她的，但是因为选择留下来做志愿兵，就拖了下来。等有了长的假期就去看她。"

"她还是个大学生呢，喜欢唱歌，喜欢跳舞，喜欢一些玩偶，和其他的女孩子没什么区别。但是这几年，只有她最了解我的生活，我的一切，也只有她会把她的心事都说给我听。"他说。

"能坚持写信真是不容易的事，特别在这样的年代。大哥祝福你，相信你们都是有着美好向往的人。"我说。

"大哥呢，现在没有女朋友吗？"

"曾经很喜欢一个女孩子，念大学的时候。"我说，"在一起过一年的时间，只是谁都没有说到爱情上面去，因为她心里早已经有了其他的人。就那样在一起着，也不觉得想去要求太多，能多见见面就是好的，也没闹过脾气。可能不是爱情吧，但那时候喜欢她是真实的。看到她就觉得开心，正如你所说的，她和其他女孩子并没有什么区别，只是因为觉得和她聊得来。渐渐地，就喜欢上了，不自觉，也逃避不了。反正，就再也没为别的女孩子动过心。"

"大哥并不执着于小东西的，大哥是个很明白自己的人。"

我笑了，这个小鬼头倒是懂得去看别人的心。只是，其实，我还是一直不明白自己到底想要什么。

比如，短片拍到了结局，我也不知道，大象是什么。

7

寒假的一个多月里，我们回了各自的老家，相隔两座城市。偶尔发短信，发觉自己对她的想念是真实的。除夕的时候，我站在窗口一边看烟火一边给她打电话，有些话到了嘴边又轻轻地咽下去。

新学期开始之后，我们便开始忙着各自的毕业论文和创作，见面的时间并不多。有时候会通过短信联系，一起去图书馆查资料。

之外，便只是一起去教堂了。

不知不觉，天气很冷了。我们都戴上了围巾和毛帽子，她甚至戴上了毛的手套。我说她就是一只在雪地里行走的小熊。

这么说的时候，我想起某一天，她站在练音房的窗口，鼻子冻得通红，双手拿着一个淡蓝色的陶瓷水杯，水汽模糊了她的脸。

去教堂的时间变得没有规律起来，有时候连续三天都去，有时候半月也不会联系我去一次。而在那里，她也没有再看信，她只是独自坐在那里写信，取掉手套，不时地对着手和笔尖哈哈气。

在等待论文答辩的那段时间里，我们经常在一起吃饭散步。但是，一次也没有去过那个教堂。我也没看过她写信了。

那些时间，我们像一对真正的校园情侣那样，喝咖啡，看电影，给彼此买一些小礼物，从来没有过更亲切的举动。我们中间好像一直隔着一层很朦胧的距离，但谁也没有勇气去捅破。

她们论文答辩之后就算放假了，她决定出门旅行。我去车站送她。临上车的时候，她问我，"你不能抱我一下吗？"我犹豫了一下，轻轻地一抱，又迅速地放开。她看了我好一会儿，然后笑了笑，转身拉着她的那个小红箱子上了车。

她一直没有回我的短信。但我还是坚持着给她发短信。我跟她说，"我喜欢你。"

我开始整理拍她的那些带子，有几十盘，不小心把装它们的盒子掉在了地上。我再也分不清顺序了。

她似乎一直都没有变化。左手拿着一个红苹果，右手握着一只棕色小熊。

我想到她在火车上，看到我发的短信，会是什么样的表情呢？

8

他给我打电话。他说："大哥，我明天就要出海了，不知道什么时候回来。"

此后，就是很长的一段时间没有见到他了。

我也很少出门，靠写小说和画插画换取生活费。我新租的房子可以看见海军基地的大门，午后我就躺在阳台上看书喝茶，黄昏的光线很柔和，风也很轻，感觉很舒服。树的黑影和天空的灰让我觉得自己被隐藏起来了。

我也经常躺在摇椅里看电视。电视总是上下、上下。选秀节目、台湾综艺节目、广告、韩剧……

我上网在以前学校的论坛里瞎逛，在同学群里聊天。

还有同学问我当年毕业创作没通过的那个短片《寻找大象》到底想说什么，里面的女孩子是不是我的女朋友，为什么不坚持再重新拍一个东西，那样怎么说也能拿到毕业证书。

渐渐地，再也没有人这么问了。大家都忘记了那部只有二十分钟，关于一个一直在行走和看信的女孩子的短片。

在某一个下午，我发现海军基地门口的紫荆花又开了。

我奔跑下楼，来到那几棵树下。

场景依然是美的。

然后有脚步声在我身后停了下来。"这里禁止拍照，谢谢合作。"

我转过身去，看到他一脸的笑容。

半年多不见，他变得结实很多，皮肤也变得黝黑粗糙了。

他跟我说他刚刚回来两天，本来想给我打电话的，一直有些事情要处理，所以拖着。

我看到他手里提着一个袋子，里面装满了信。

"这段时间都在海上，不能下船，信就一直没寄，每天没事就写点，不知不觉就写了这么多。我想打包寄给她，同时要跟她说，我打算去找她了，因为这次有接近一个月的假期。我想跟她要电话号码了，我自己也买了手机，以后可以直接跟她联系。写了这么多年的信，突然才觉得听到她的声音，会是多大的幸福。大哥，我怕到时候我会紧张。"

我笑着在他胸脯上打了一拳头。

然后他跟我说他在海上的日子。说他每经过一个小岛，就喜欢把小岛上的灯塔当作教堂。他说他第一次觉得教堂是那么安宁，里面有他喜欢的女孩在唱歌。

一个月后他给我打来电话，约我见面。

"我要离开这里了，大哥。"他说。

"你打算去找她了？"

他抽完一口烟，把烟头弹到江里面去，摇了摇头。

"那些信都被退回来了，她已经毕业，离开了那所学校。"

"除了那个学校地址，你不知道其他的联系方式吗？在信里面，她总该和你说起过她的过去，可以推断出她的家大概在哪里吧？"

"没用啊，大哥。我觉得是我想太多了。或者她从来就没有爱过我。这么多年，她身边肯定还有其他男孩子的。大哥，我离开的这半年，她也没给我写过一封信。大哥，你说，我和她之间毕竟是不真实的，是吧？就算我找到了她又怎么样。我们之间还有太多的不了解。柏拉图的感情真是奇怪，说断了就断了。可能，其实并没有存在过吧。大哥，她大我整整三岁呢。"

我还想说什么，却感觉喉咙好像被堵住了一样。

然后他又跟我说，他三年志愿兵的时间已经到了。他不想再留在部队，决定退伍回家。他是向我道别的。

"我带你去一个地方看看，给你说个故事。"我说。

一年前我所熟悉的那片废墟早已经盖好了房子，借用大使馆区的名义，房价也高得离谱。

电影院被改成了咖啡馆，小巷还在，只是大树都已经不见了。可以看到夜空，很是低沉。

只是小巷尽头的那座教堂已经消失。

只剩下一个大洞，里面倒满了钢筋混凝土。

他问我，"大哥，你带我来这里做什么，你要给我说什么故事？"

我突然想起，现在已经是 2007 年的夏天了。我已经毕业了整整一年时间。

一个月后，他和我告别。他送了我一张照片，是黄昏里的那些紫荆花。

想起第一次看到紫荆花的感受，想到他说的"其实并没有存在过"。

一直存在，但是并不在意，就觉得它没有存在过。从来不存在，但是在意，就觉得真的存在。

9

毕业创作作品展的现场上我看到了她。她站在那里看我拍的短片《寻找大象》。

她捂着嘴巴，眼里有泪光。

"拍得真好。"她说。

她说了一些在外面的事情，说她刚上火车就把手机弄丢了，后来就干脆不和任何人联系，自己一个人到处走。她说起来的时候一点儿也不在意。

然后我陪着她一起去学院的收发室。她很认真地在她们系的信箱里寻找，什么也没有。

看不到她具体的表情。

"一起去教堂那边看看吧，"她说，"在外面旅行的这段时间，挺想念那里的。"

买完苹果她又说："算了，还是不去了。"

晚上一起在老电影院改成的咖啡馆里喝咖啡，教堂就在小巷的那一头。

客人并不多，附近还在施工，太吵。

她突然就说起他来。

"他在一个部队里当兵。跟他通信的时候，感觉生活充满期待，有什么好与不好，都可以和他诉说。可是不知道为什么，他突然就断了联系。我最后给他写的一封信等了好久他都没有回，开始的时候很担心他出了什么事。可是我一直忍着。不管是不是出了事，我都不好去打听。出事的话，我宁愿不知道，不出事的话，那说明他不想再和我联系了。自从没有写信以来，我就很少做梦了。我想，很多时候，都是我一厢情愿吧。"

"也正因为一厢情愿让你心里期待着美好，那种期待本身就是一种幸福。"

她笑着摇了摇头："只有身边的才是真实的，可是身边的总是最容易错过。"

一个星期后，她和我告别，她要回老家当一个中学的音乐老师。

"女孩子一毕业，总想着有个稳定的工作，找个稳定的人。"她说。

她送了一个笔记本给我，让我有空的时候可以写点东西。那样会让我安静一些。

10

2007 年夏天的末尾。

朋友在北京开了一个工作室，邀请我一起前去。

整理东西的时候，我看到那一整盒的 DV 带子。

我把它放在很久没去动过的 DV 机里看。

有一个带子的镜头里，我在教堂的台阶上发现了她遗落在那里的棕色小熊。我的一只手把它高高地抛起，抛过了屋顶上的红色十字架，接住，又抛起。

我突然想记下一些文字。

拉开抽屉，取出她送我的那个本子。

我从没在这上面记过什么。在扉页上我看见她写着"你为什么不好好地抱我一下，让我好好地哭一次"。

我看到抽屉里还有一本书，是他出海前还给我的，里面似乎夹着什么。

一个信封。邮票和封口都粘得很整齐。

他当时有托我帮他寄这封信吗？

还是我自己未寄出去的信？

我走到阳台上，海军基地大门口只有几棵看上去很普通的树。

那里，真的曾经长满了紫荆花吗？

尘事的碎花，在远方

裙摆扬起的风，是尘事的碎花，迷离耀眼。

在远方。

1

远方是我的发小。

我们一起在省城培训画画的时候认识罗裳的。我去学画画也是因为远方，他从小就喜欢画画，而我不是，只是太习惯和他待在一起了。

罗裳的家在省城的北方，那里有很多大山。我和远方的家在省城的南方，面朝大海。不过罗裳几乎没有爬过山，而我和远方也只去海边玩过一次。

罗裳并不是特别好看，但她就是个很吸引人的女孩，特别对于情窦初开的男孩，可以说，是很好的初恋对象。

远方和我说，他之所以喜欢罗裳，是因为喜欢她穿着裙子的样子，感觉很轻很轻，像是一枚蒲公英的种子在风中慢慢地飘落，然后就在他的心里生了根发了芽。

我也喜欢她穿着裙子时候的样子，也觉得她像轻盈的蒲公英的种子一样，可是远方说过了，我就不必要再重复。

罗裳成了远方的女朋友。

2

罗裳和远方没有如愿考上同一所大学，因为她的专业不够好。我的专业也不够好。因此我和罗裳考上省城的一所工艺美术学院，而远方去了北方一所知名的美术学院。

我和罗裳一起去火车站送远方。远方和罗裳说，等他四年。远方和我说，这四年帮他照顾好罗裳。我和远方拥抱，罗裳在一旁安静地看着。远方和罗裳拥抱，我在一旁安静地看着。

去远方的火车慢慢开动了，我和罗裳站在站台上，谁也没有去追赶。火车带起的风拂起了罗裳的裙摆，她站在那里一动不动。那时候我觉得，罗裳是一株蒲公英，所有的种子都跟着那阵风去了远方。

3

大学里，所有人都以为我和罗裳是恋人，即使以前一起培训画画的几个同学都分不清我和远方谁是谁，他们只知道我们那时候形影不离，差不多的脾气，差不多的身高，差不多的音容笑貌。

我和罗裳一起去食堂吃饭，一起去逛街，一起选修同样的课程。一起出去写生，她坐在我的单车后面。只是他们都不知道，我们还会一起给远方打电话。

罗裳很喜欢听我说关于远方的往事，我和他的往事。

特别是关于那片海，她疯狂地迷恋着《那年夏天宁静的海》，不知道重复看过多少遍。她说等以后有机会，她要和远方一起去那片海边看看。她说，就在明年夏天。

其实我对那片海的印象不深，我只记得那里有礁石，有沙滩，有白色的浪花。海水有点浑浊，天空倒是挺蓝的。但是在我不断重复的描述里，那依然是我见过的最美的海。到最后，我甚至认为，我再也见不到比那更美的海了。

那时候我和远方一起站在海边，我们都穿着蓝白条纹的海魂衫，裤腿高高挽起，我们的身体都很年轻，强健有力。如果可以，我们甚至会一直沿着海面一起奔跑下去，到海的尽头去。在那样辽阔的天地里，只有我们两个人。那件海魂衫，我经常穿着，穿了很多年，有时候我就是那么偏执。我认为好的东西，会一直都是好的。我认为很多东西，永远都不会改变的。

我和罗裳的话题永远离不开远方。有一天，我突然很想和罗裳谈谈自己，只谈自己。

我问罗裳，在她们那边的山里，会不会有大象？

罗裳很迷惑，她说她也不知道。但是有机会的话，我可以和远方一起去她的家乡，一起去山里看看有没有大象。

我说远方对大象并没有兴趣。

她问我，"那远方对什么有兴趣？"

"蒲公英。"我说。

"什么？"她很疑惑地问。

"大象是全世界最重的东西，蒲公英是全世界最轻的东西。"

她摇头，"不懂"。

我还是和她谈远方吧。

4

远方过生日的时候，我陪她去买礼物。她给他挑了一件衣服，一定要我试穿，她说我的身材和远方差不多。

她去拍大头贴的时候，一定要让我和她站在一起，她说她要挑出最合适的背景，到时候要和远方一起拍。

我们开晚会的时候，她一定要我和她合唱，她说，我唱歌的样子和远方差不多。

她想远方的时候，一定会和我说。

她对远方的记忆那么少。渐渐地就变得有些模糊。

我和她在一起的日子越来越久。一天又一天，一直在重复。慢慢地加进去了很多的东西，平淡却具体。

晚上的时候，我们会各自在网上和远方聊天。他是个很有耐心的人，相同的一些琐事，他每次都要听上两遍。

远方问我，"喜欢罗裳的男孩子一定不少吧"。

我说是不少，"不过她只喜欢你，一心一意"。

我又说，"有我在，你放心"。

5

我有一个速写本子，我在上面画了很多画。我画了一棵树，在旁边写着：校园里有一棵树，长满了白色的花。我不知道名字。觉得很寂静。抬头看了很久。

罗裳看到后和我说，"原来你也喜欢那棵树"。

我们学校里有一座小桥，桥下有一条小巷。有时候睡不着，我会一个人去那边走走。我在 QQ 空间里写：穿着卫衣从小桥下的一个斜坡小巷子走上去。没有路灯，落满树的阴影，有人在路的一边拥抱接吻，没有去看上一眼。脚步不停地走上去。抽着烟，呼出一口烟，稍微沉重点。

罗裳和我说，"原来你也喜欢那条小路啊。我都不知道你会抽烟，我不喜欢别人抽烟"。

我从来没在她的面前抽过烟，日志里也不再写到抽烟。

后来，她还和我说：

原来你也喜欢那首歌。

原来你也喜欢那本书。

原来你也爱看那部电影。

不知不觉，我和罗裳的话题里已经可以没有远方了。

6

是的，我喜欢罗裳。可我也坚定地认为,远方会是我一辈子的好朋友。

我不知道是什么让自己陷入到这样尴尬、无奈、痛苦又无法割舍的情境里去。有很多时候，我是害怕见到罗裳的。因此在大一上学期基础课结束后开始选专业的时候，我特意选了和罗裳不同的班级。

可是我每天都要见到罗裳，又想要见到罗裳。因为我答应远方，要帮他照顾好罗裳。

有时候我很累，不想在网上和远方聊罗裳。可是他每天都会问我，"罗裳今天过得好不好？"

深秋的时候，我们学校大门上已经堆满了落叶。罗裳经常会叫我陪她一起去学校对面的那家奶茶店。她每次都要在那里写一张留言条贴在墙上。我从来没去看过。我在校门口等她，来回踱步，让自己心里放松下来。那里有一条盲人道，我闭上眼睛，小心地往前走，我以为自己可以克服那种对未知的一切的不安感，可是我一直无法做到。我总觉得前面会有一堵墙等着我撞上去。

或者罗裳就是那一堵墙吧。

可是罗裳不会站在那里等我撞上去。她总是站在离我不远的地方喊我的名字。

轻轻笑着。

<h1 style="text-align:center">7</h1>

放寒假的时候，罗裳的爸爸开车来接她回家，因此她没能等到远方回来。

远方回来后，我带他在这座学校里闲逛。他说他喜欢那棵树，喜欢那条小巷。远方一直在谈着他的理想。远方的理想看上去那么美好，那么远。可我只是发现，他的理想里并没有罗裳，也没有我。我没有提出来。我也没有带他去那家奶茶店看罗裳留在那里的那些留言。

远方留起了长头发，越来越像个艺术家了。有一次我在一个橱窗里看到我们的影子，我怎么也找不到我和他相似的地方。

我甚至再也想不起远方穿着海魂衫时的样子了。

整个寒假，远方都很忙，一直关在家里画画，他跟我谈很多关于艺术的话题，我不懂，后来他说得也少了。他只是一如以往那样推荐他喜欢的电影、书和歌。他从小到大都乐意将他喜欢的东西和我一起分享。

我也没有提起和他一起去海边走走的事，我本来想拍点照片给罗裳看看。

春节还没过完，远方就迫不及待地去了他的远方，他说和几个同学要一起做个展览。

他已经不需要别人送他了，也就是说，他也不需要别人等他。

我没有问罗裳，远方有没有和她谈他的理想、他的艺术。我不知道罗裳懂不懂。

远方也问过我的大学生活，问我有没有交女朋友。我说没有，但是我有喜欢的女孩子了。

我跟他描述我喜欢的那个女孩子。她很安静，大方又善良，和大多数的女生那样，喜欢穿短裤，里面是黑色的或者粉色的丝袜，有时候穿帆布鞋有时候穿高跟鞋，腿很直很细，站着的时候像是一棵修长的小树。

我喜欢她像一棵树，永远在那里。

8

罗裳跟我说，她听远方说我有喜欢的女孩子了，她问我那女孩是谁，她认识不认识那女孩。我跟她说，其实我是骗远方的，并让她不要告诉远方。

罗裳说她很好奇我到底喜欢什么样的女孩子。我看着她，我说我也形容不出来。

罗裳说我也该找个女朋友了，她说要给我介绍一个女朋友。我说我不着急，宁缺勿滥，这种事还是要顺其自然，看缘分。

我说，大家都觉得你就是我的女朋友呢。

她说，我们知道我们不是。

我笑了笑，转移话题，问她远方的消息。

　　其实，她知道的关于远方的现在的消息，我也都知道。远方告诉给我的事还会更多。比如，他们学校有一个北方的女生很大胆地在追求着他。

　　我知道这些我不能告诉她。男人之间总有一些秘密不能让女孩子知道，而远方也不可能告知我关于他的全部，就好像我也不能向他告知我的全部一样。即使我们是发小，隔着这么久远的空间，亲密无间两小无猜那都已是过去。即使我们觉得会是一辈子最好的朋友，未来永远在未知的前方。

　　我只能告诉罗裳，远方一直惦记着她，想着暑假能带她一起去看看海。这些都是实话。

　　罗裳依然期待。

　　在我们的等待中，海依然很美。

9

　　就算罗裳和远方相隔两地无法见面，但是他们依然会吵架闹脾气。

　　经常在半夜，罗裳会来我的宿舍找我。她每次不开心的时候，也不要人安慰，只要我陪着她走走就好了。每次我们都会顺着那条桥下的小巷子走出学校，穿过那高架桥，桥下的阴影很深，走路的人都沉默得像是个影子，走过那有着巨大灯柱的大桥。我们沿着江边一直走，在江的中间有一座灯塔，有一条通向那里的用长石条砌成的有台阶的堤坝。罗裳在堤坝最高的台阶上走，而我在堤坝最靠近水面的台阶上走，有船开过的时候，水会打湿我的裤脚。这总让我想起和远方一起站在海边的情景。每次罗裳都会站在灯塔的下面，对着天上明亮的灯光大喊一声："远方你这个浑蛋。"她的声音那么忧伤，像水里摇晃不定的灯光，在灯光的周围，是漆黑一片。

在大一下快结束的时候，罗裳又和远方吵了一架。罗裳没说他们为什么吵架，但是我能猜测出来。远方和几个同学组了一个工作小组，准备做一个作品去参加一个青年艺术家大展，因此暑假可能也不会回来了。

关于去看海的计划可能也要取消了。在陪着她走到灯塔下的路上，我一直想说，要是远方不回来，就让我一个人陪她去看看海。可是我始终说不出来。

慢慢走上那高架桥，刚转弯的时候，我产生了某种幻觉，好像自己不是生活在现实世界里，而是行走在电影的场景里。空气冰冷却很清新，月亮很圆却很小，被重重的乌云包围着。巨大的灯柱上的灯光异常明亮。桥中间的灯塔纹丝不动地沉默。偶尔一辆车飞速驰过，那些高大的建筑里还有一些灯亮着，江边依然有倒映的灯火。有一艘大船从桥底下开过去，另一艘一直停在江面上。所有的树木都化成了黑影。

罗裳抬头看着灯塔，一直沉默着，没有像以往那样喊出声来。

也不知道过了多久，那种沉默压得我透不过气来。我对着江面大喊了一声，声音是颤抖的，因为我想让声音尽量不显得忧伤。

10

罗裳和我一起慢慢地走回学校去。

罗裳问我，"你觉得我和远方这样的关系是爱情吗？"

我说："我不知道。"

罗裳问我，"如果你是远方，你会怎么做？"

我沉默了一会儿，然后和她说："我不是远方。"

罗裳不再说话。她走在前面，我跟在后面，一直保持着一个人的距离。

在穿过那条桥下的小巷子的时候，罗裳在桥下站住了。

我也在她身后站住了。

我们都僵在那里，谁也不再走一步。能听到树叶沙沙的声音，能听到我们彼此的心跳。

我再也克制不住自己的感情。我轻声说："我会和我喜欢的女孩子一直在一起。"

罗裳慢慢地转过身来。

我动了动嘴唇，我原本想大声地重复一遍，却怎么也发不出声来。

罗裳定定地看着我。看了很久，眼睛慢慢地红了，眼泪大滴大滴地滚落下来。我很慌张，不知所措。之后她扑在我的胸膛上。

我第一次看到她哭泣的样子，像一个无助的小孩子。她的眼泪弄湿了我的衬衫，像是血液一样流进我的心脏。

我低下头去，嘴唇和她的嘴唇紧紧地贴在一起，那么冰冷。

我搂住她弱小的身躯，听到她喉咙里发出的呻吟，眼泪也跟着滑落下来。

11

罗裳和我说，这是她的初吻。

我没想到，罗裳和远方居然没有接过吻。

我想到了远方，想到他和我说，要好好照顾好她。想到远方问我，喜欢她的男孩子是不是很多，我和他说，放心，有我在。

我的身体慢慢冰冷，原本搂着她身体的手也无力地垂了下来。

罗裳也缓缓转过身向前走去。

乌云已经散开，皎洁的月光透过树缝飘落在那条小巷上，像是一枚又一枚的蒲公英。我发现罗裳穿着一条碎花裙子，在念大学以后，我还是第一次看到她穿着裙子。

我站在桥下最深的阴影里，一动不动。

我想跟她说："要不，暑假的时候，我陪你去看海吧。"

可是在说出口的时候，却变成，"要不，暑假的时候，我陪你去远方所在的城市找他吧"。

罗裳的肩膀轻轻地颤抖了一下，然后脚步不停地向前走去，然后奔跑起来，裙摆扬起。

她消失在我的眼前，乌云又裹住了月亮，蒲公英消失在黑暗里，我再也看不见。

12

我们不知道到底是谁刻意在躲避。

那天晚上，远方和我说，罗裳跟他提出分手了。

我的 QQ 头像一直亮着，但是始终没有回答他。

他给我发来很多的问号，他也问我罗裳是不是喜欢上别的男孩子了。

远方给我打电话。我没接。

他又在 QQ 上说：其实，我早就知道你喜欢罗裳。

我知道他知道我喜欢罗裳，但是他说出来，让我心里有一股无处发泄的怨恨。

我用力敲打着键盘，我写下很多很多的话语。但是最后我又都全部删去。

最后我只给他发过去一句话：

远方，你是个浑蛋。

远方没有再回话。

不知道是什么时候，他的头像暗了下去。

13

那年夏天，我独自一人站在海边。

海边有礁石，有沙滩，有白色的浪花，海水有点浑浊，天空很蓝。

我的那件海魂衫被我洗破了。我又去买了一件，可是我穿在身上站在海边，怎么也觉得不舒服，于是我脱下它，扔进海里。

14

大象很重，好像对什么都漠不关心，一步一个脚印从不停息。

蒲公英很轻，飘飘荡荡，落地就会生根。

惊恐的子弹

那时候，我看到我的大象躲在一棵树的后面看着我。

它依然那么单纯善良，眼神无辜。

然后，有一颗子弹呼啸着从我的耳边飞过。我看到了它惊恐的表情。

惊恐的子弹的表情。

子弹，它送给了我的大象一件见面礼。

那是一件隐身衣。

1

当我向你们说起手枪是我认识的有意思的男孩时，你们都争先恐后地告诉我，他一定是个很粗狂、很有性格的男孩。

仿佛你们都比我了解他似的。

是的，我从来没了解过他，即使我们曾经一起躲在草丛里，一起等待过我的大象。

那时候他多么沉静啊，像他手里的那把枪。

当他用枪指着我的时候，我一度被那枪口里的黑暗所吸引。我甚至想，我的大象，就藏在那里面。

但是手枪告诉我，在他心里的，是子弹。

2

子弹。

这下你们倒安静了，没人肯开口告诉我子弹是什么样的一个人。

那让我自己想想吧。

要不，我先说说她的模样？不，不好，这样说不清楚，她的模样很普通，长头发，单眼皮，放在酒吧里谁也认不出来。

是的，酒吧，那是我第一次见到她的地方。对了，我给你们说说她的眼神吧，还有她喝酒的姿势。

那时候我站在舞台上拉着小提琴，她的眼神不如你们想象中的那么复杂，但是多少有点迷醉，不同之处是她仰头喝酒的时候，会流露出少许的无辜。这种无辜让我知道，其实她是讨厌酒精的。但是在低头的瞬间，她一抹嘴巴，嘴角一翘，又开始猜拳的时候，眼神又马上蒙上一层看上去完全是一种享受的迷醉。

她的酒窝让我感到轻微的昏厥，似乎那里面也盛满了酒，无法分清她是否就是手枪形容的那个天真无邪的姑娘。

3

天真无邪的姑娘啊！

我的姑娘。

我走失的大象。

在我最多愁善感的季节里，我遇见了手枪。

那时候我第一次来到那片小树林，看到树叶飘落的景象，我心里就充满了对不可知的未来的感伤，对走失的大象的怀念，对时间流逝的叹息。

我开始站在树下拉起我的小提琴。一曲完了之后，手枪他就坐在树杈上用鸟蛋砸我，然后跳下来和我说："你没看见我在睡觉吗？你吵醒了我，你知道我是谁吗？我是手枪。"

我看着面前这个和我齐头，并不壮硕的少年，我想唯一能让他在我面前大声讲话就是他别在腰里的那把黑色的手枪吧。我不由得笑了起来，因为他让我想起了小兵张嘎，或者站在海边拿着一柄钢叉的闰土。

手枪明显觉得受到了侮辱，他把手往腰里一插，努力让那把手枪变得更加显眼。他的鼻子快顶到我的鼻子了，他说："你笑什么？"

我停住了笑，往后退了一步，然后向他伸出右手："手枪你好，我叫琴戈。"

他发愣的样子依然让我想笑，但是我硬是忍住了。因为我懂得，我不可以笑两次，每个少年都有自己给自己定下的自尊。

我们就这样认识了。

后来我才知道，手枪他根本没有吓唬我。他腰里的那把手枪真的是他那杀人犯的父亲留给他的唯一的遗物。他把它藏在小树林里，才躲过了警察的搜查。

手枪和我这么说的时候，他认真的表情让我无法怀疑，特别是他说到他的父亲被枪毙的情景。

就好像我无法怀疑他给我说过的秘密。他说之所以是秘密，是因为说出来也没人相信，所以就从来不对别人说起，直到遇见了我。

比如他说在他七八岁的时候，曾经追赶一只飞飞停停的孤独的鸟，追了半个小时，最后就在他快抓住那只鸟的时候，它在空中拉了一坨东西下来，他低头一看，发现是一个已经摔坏的鸟蛋。

当然，这并不是他最大的秘密。

4

手枪总是把白色的背心扎在牛仔裤里，然后穿一件肥大的衬衫，只扣下面的两个纽扣，这样，他就能把手枪别在屁股后面而不被人发觉了。

他喜欢和我还有我的小提琴一起蹲在酒吧对面的马路上，别看他蹲下来的时候所有的肋骨都走光了，他抽烟的狠劲可一点儿也不含糊，可能我是受到了关于他的父亲是杀人犯这个事实的影响，而作出他必定也是个狠角色这样的判断吧。

有时候我们会看到子弹从酒吧里跑出来，蹲在拐角处黑暗中的消火栓旁边呕吐。手枪就会骂一句"他娘的"，把手里的烟头扔掉，然后去摸自己腰后的那把枪。

可也只是摸而已，他从来不会站起来往那个酒吧走过去。

手枪甚至不知道那个酒吧里卖的是什么。他没钱，他只爱烟和枪。

我也没有邀请过他一起进那酒吧看看。

我知道手枪的自尊是那么的脆弱，他不会容忍我对他的同情。

就好像我第一次和他一起在这马路边，听他给我描述他的天真无邪的子弹姑娘。在昏暗的路灯下，我忍不住拉了一首小提琴，路过的人往我脚边扔了一块钱。还流着泪的手枪捡起那个硬币就砸了过去："你他妈的不要侮辱我兄弟，不然老子一枪毙了你。"

流着泪的手枪让我感动无比。他是第二个听见我的小提琴会哭的人，他是我的知音，他叫我兄弟。

之后，我每天在酒吧里拉完小提琴，就会来到这里，和他一起蹲着等待他的子弹姑娘，听他和我说关于他和子弹姑娘之间的故事。

我不说话，他也不介意我的沉默。我知道，一旦我开口的话，我就会开口告诉他，子弹姑娘是第一个听了我的小提琴而哭出来的人。

5

每天一大早，手枪就拖着一辆绿色的垃圾车走在酒吧所在的这条街上，他是那么瘦弱，从垃圾车屁股后面看不见他。手枪打扫酒吧拐角处的那个消火栓的时候总是特别认真，还自己带了一桶水来冲洗。

中午的时候，他就到我住的地方叫我一起去吃拉面。据他所描述的那样，拉面是世界上最美好的食物，好比子弹是世界上最天真无邪的姑娘。

吃完之后，我们一起去第一次遇见的小树林，他躺在树上睡觉，我在树下拉小提琴。

每次我拉完一首的时候，他总是泪流满面，他说："兄弟你拉的咋就和拉面师傅一样厉害呢，咋就这么悲伤呢，兄弟你咋就没有女朋友呢？我这扫大街的都还有一个姑娘叫子弹。"然后他就"呼呼"地睡着了。

我从树下看到他睡觉的样子是很满足的，因为他觉得他比我幸福，他有子弹姑娘。

"我给你说说我的大象吧。"我在树下对手枪说。

"我的大象和你的子弹一样天真无邪呢，让我无法确定是该亲近还是疏离。就在我犹豫不定的时候，她悄然离我而去。我已经找了她好多年，她总是在我的眼前，却无法触及。她就像是天边的一朵云，一会儿那么远，一会儿那么近……"

有风吹了过来，树枝晃动，掉下不少的落叶，但是手枪在树干上却睡得很安稳。

那么，我有多少次没有睡得这么安稳了。

往前往前再往前，睡得最好的一次，应该是在子弹的怀里吧。

6

那时候还不在这个小城，那个时候子弹还不叫子弹。最重要的是，那时候我还没有遇见手枪。

那时候我每天放学都能在校门口碰见她，穿着白衬衫黑裙子，背一个粉红色的书包，扎着两条小辫子。她是多么天真无邪的姑娘啊。我的姑娘。

那时候我念中学，17岁的男孩子爱着一个14岁的女孩子，那是件多么丢脸的事，让我无法宣扬我的爱情。我刚刚明白的爱情。

那时候的子弹脖子上挂的不是子弹，而是一只银制的大象，笨笨的，很可爱。

那时候的子弹，我叫她"大象姑娘"。

我的大象姑娘并不知道我给她起了这么好听的一个外号。

她不知道一个喜欢穿白衣的少年总是偷偷地追踪她。

他知道她是班长，知道她喜欢唱歌，知道她有一个酒鬼加赌鬼的爸爸，知道她有一个抛弃她而去的妈妈。知道她每天回家前都要先把脖子上的大象拿下来，小心翼翼地藏在书包的夹层里，知道她每次回到家里都要换上旧衣裤，洗好她的白衬衫黑裙子。

从春天开始到夏天结束。

她不知道一个少年是如此地迷恋着一个被称作"大象姑娘"的少女。

她不知道他在练习拉小提琴的时候，心里想的全是那个天真无邪的姑娘。

7

17 岁时的秋天，我考上了远方的一所大学。临走的时候，我想，我必须和她告别。正如那首歌所唱的那样，我悄悄地来到她的窗前。

到最后，我还是没有勇气敲开她的窗扉。

寒假的时候，我回到了家乡，我给我的大象姑娘买了一件绣着大象的毛衣。我想，她一定会很喜欢。

我的大象姑娘突然消失不见了，而她留给我的，仿佛只是正在慢慢消失的余音。

这个余音在 8 年后的某一天又被从即将消失的这端拉到另一端。在我的 25 岁梦里，我发现我来到了一片小树林，我的大象姑娘她就躲在一棵树后看着我，然后有一个人对她抬起了枪。我看到了惊恐的表情。

于是我找到了这个小城，碰见了手枪。

碰见手枪之后，我的大象姑娘就变成他的子弹姑娘了。因为他比我靠她更近。

因为她的脖子上挂的是子弹，而不是大象。

手枪跟我说，子弹姑娘脖子上挂的那颗子弹是他送给她的，那是他唯一觉得可以送得出手又适合她的东西。

而我想知道的是，她的那只银制的大象跑哪里去了。那是我偷偷送给她的生日礼物，放在她的文具盒里。

每天我看她戴着那只大象我就会很开心，就好像手枪现在这种幸福的表情。

手枪跟我说："你知道吗，我父亲杀的人，就是她的父亲。"

8

那天，手枪带我来到子弹的窗下。

子弹房间里的灯还亮着，还能听到她在唱歌，她唱："不是在此时，不知在何时，我想大约会是在冬季。没有你的日子里，我会更加珍惜自己……"

手枪和我说："兄弟，你说，我是不是不该爱上她？"

手枪说："兄弟，我告诉你吧，你可能不会相信。她是多么天真无邪的姑娘啊，可是她的父亲却是恶棍。她的父亲骗光了我爸爸为我妈妈借来的治病的钱，后来我妈妈死了。我爸爸一怒之下，就把所有的钱换成一把手枪，一枪把她爸爸打到脑袋开花。"

"那时候，你和她是不是都在他们旁边啊？"

"是的，我们都在他们旁边。她爸爸倒下去的时候，我爸爸把枪递给了她。爸爸和她说：'姑娘，对不起，我必须杀了他，你杀了我为他报仇吧。'你知道她说什么吗？她把枪还给我的父亲说：'叔叔，没关系。'然后就转身走了，仿佛和她一点关系也没有。"

手枪又说："你说，她是不是特别天真无邪啊。我就是在那个时候爱上她的。"

那个晚上，手枪扔了一地的烟头。那个晚上，手枪哭了好几次。那个晚上，手枪说了好多他和她之间的爱情故事。那个晚上，子弹房间的灯一直亮着。那个晚上是她爸爸的忌日，那个晚上我感觉到冬天已经来临了。

那天晚上，手枪掏出手枪顶着自己的脑袋说："她是多么天真无邪的姑娘啊，我真是一个浑蛋。"

9

那么，我是什么时候在子弹姑娘的怀里睡着的呢？

8年后的秋天，我来到了这个有着小树林和酒吧的小城。

我就在傍晚的街头拉小提琴。那时候我还不知道她叫子弹，她一副没睡醒的样子。昨天的残妆还没卸掉，头发蓬松，睡裙外面裹了一件大的格子衬衫，双手紧抱着自己，发呆似的看着我。

一曲之后，我放下小提琴。我们就这样对视着。秋天的风是萧凉的，吹过我的长发和长长的风衣，吹过她赤脚和迷惘的眼神。然后她跑过来一下抱住了我。

她伏在我的肩膀哭得没有一点声音。第一盏路灯亮起来的时候，她默默地、慢慢地放开我，转身走过斑马线，走进对面的筒子楼。

我依然站在路边发呆，就在她搂住我的那个瞬间，我仿佛看到了我的大象，感受到她悲冷的气息。但是她脖子上挂着的那个子弹硌得我难受，那不是我的那只银制的大象。

半个小时之后，她又站在了我的面前，她穿着一条黑纱的低胸裙子，外面披着一条毛线的披肩。她带我去了她工作的酒吧，她把我介绍给酒吧的老板，让我每个晚上在那里拉三首小提琴。

她说："对不起，刚才我失礼了，你让我想起了一个人。我希望你能过来，这样，我每个晚上都可以真实地感受到他的存在。"

他到底是谁呢？而我，也只是他的一个影子吧。

那个晚上，她带我去了她住的地方，我们没有说太多的话，我们只是互相拥抱着。很久以来，很久以后，那是我睡得最香甜的一次。

10

我就住在子弹对面街道的楼房里，手枪经常会过来趴在我的窗口往她房间的方向看。

手枪和我说到了他跟子弹亲吻的事。他说那时候，他爸爸和子弹的爸爸还是好朋友，天天在一起喝酒。他就带她在这个城市里到处逛，也带她到小树林里去，给她掏鸟蛋，给她说故事。

她很喜欢唱歌，她的歌声可美了，比这个树林里所有的鸟唱的都要好听。她多么天真啊，相信一切，认为一切都是美好的。

手枪说，子弹在酒吧里唱歌，唱的也是天真无邪的歌。手枪说，子弹要是参加电视上的那些比赛，她一定能红的，可是她不屑，因为她是个天真无邪的姑娘。

手枪说他们就是在那树林里亲吻的，他说："你不知道，那种感觉有多美。"

手枪是陶醉的，我甚至能听到他的心脏在单薄的躯体里强烈跳动的声音。手枪，他还是个少年。

我问手枪："你是什么时候碰见子弹的呢？"

手枪说："十五岁时候，秋天，那时候她也差不多是这个年纪吧。她穿着一件白色的衬衫，一条黑色的裙子。她是那么可爱。"

我问他："你是什么时候送她子弹的啊？在那之前，她还戴过什么？"

手枪说："是在我爸爸被枪毙的那天，她就站在我的身边。她脖子上空空荡荡的，于是我就送了子弹给她。我和她一样，再也没有亲人了。

我想保护她，不让她受到伤害。"

手枪说："你不知道，她的爸爸是个多么坏的人，他天天就知道喝酒赌博，逼迫她在街上卖唱，喝醉了赌输了就打她。如果不是我爸爸杀了他，我想，早晚有一天我也会杀他的。"

手枪说到这里的时候，正坐在街道上，他用手抱着自己的膝盖，看到子弹从对面的酒吧里跑出来呕吐，他就用头撞自己的膝盖说："我真没用。我有手枪啊，可是我不知道该用它来做什么。我不知它能不能给我们幸福的生活。"

11

子弹拉我陪她喝酒。

我说："你别喝了，每天都喝到吐，你不觉得难受吗？"

子弹仰着她的脸看着我说："难受？不能把心肝吐出来那才难受呢。你不知道，我是真的喜欢喝酒，你以为我是为了钱陪他们喝酒吗？你错了，我是真的喜欢喝酒，它可以让我醉生梦死，可以抛开一切。"

"抛开一切，你就没有想过别人的痛苦吗？你不知道爱你的人有多难受？"

"爱我的人，是你吗？"子弹又搂住了我，"你会爱我吗？我这样的女人。"

我说："你不记得手枪了吗？他和我说了所有你们的事，手枪是多么地爱你啊。"

子弹抬头看我，用手指头点着我的鼻子一字一顿地说："手枪是谁？"

我和她说了手枪跟我说的关于他们之间的爱情。

子弹跟我说："喔，我知道了，你遇到了一个骗子。"

我说："可是他不会骗我，他的爸爸杀了你的爸爸。"

子弹说："杀了我的爸爸的那个人不是被枪毙了吗？喔，我想起来了，那时候他的身边还有一个瘦得只有肋骨的男孩子，你说的手枪不会就是他吧。我只见过他一次。"

我说："他每天都在跟踪你，你没感觉到吗？"

她说："你不是也每天都在跟踪我？我以为他是陪你跟踪我的。"

她说："你还记得那天我跟你说的，你让我想起了一个人，那个人在我十四岁的时候就跟踪我了。我还记得，他喜欢穿白色的衣服，看上去很善良。"

她说："你不知道，当时他给了我多大的希望。你不知道，我是那样地爱过他，我多希望他出现在我的面前，带我一起离开。"

她说："我一直在寻找我的大象，一只银制的大象。如果你有看到，一定要告诉我，我知道，那一定是他送给我的，我知道。"

她说："如果你见到手枪，跟他说，我一点也不恨他和他的爸爸，让他不要因此觉得要照顾好我。我恨我的爸爸，因为他偷偷卖掉了我的大象换了啤酒。他弄丢了我的爱。他让我失去了找到那个白衣少年的所有希望。你看我现在这样，我是真的再也找不回他了，就算是他站在我的面前，他也认不出我了，我再也不是那个他跟踪过的天真无邪的姑娘。"

她说："你也是喜欢天真无邪的姑娘的，不是吗？从你的琴声里我就能听出来。"

12

手枪从树上跳下来。他发狂地抢过我的小提琴，拼命地摔打它，然后从屁股后面掏出枪指着我的脑袋说："为什么，为什么你不相信我？

为什么你要去问她，为什么你要说这只是我的幻想？"

这个时候，我们都听到了子弹的尖叫，转身过去，我看到了她惊恐的表情。

手枪也愣住了，他举着枪的手慢慢地放了下去。

子弹退后了几步，然后转身跑开。我推了一下手枪："还不去追？"

但是我却如何也想不到，我犯下了不可挽回的错误。

就在手枪要追到子弹的时候，子弹被一树根绊倒，她的下身流了好多的血。

手枪抱起她跑去医院。手枪跑起来像一只无头鸟。

子弹没有和谁说起过，那是谁的孩子。她说，"我忘记了。"

子弹让手枪去给她买烟。子弹跟我说："你，为什么要把我推给手枪呢？我不属于你，也不属于他。我只属于我14岁那年的那个未曾谋面的白衣少年，他总是在不远不近的地方看着我，那么亲切，那么真实。可是，他再也不会出现了。而对你来说，当年那个穿着白衬衫黑裙子的女孩再也不会出现了。你看，我连他送给我的大象都没有了。"

我抓着她的手，原来她早就知道，我就是当年跟踪过她的那个白衣少年。但是我知道，正如她所说的那样。她并不是我的大象姑娘，我的大象姑娘再也找不回来了。其实在我17岁的那个冬天里，我就已经知道，我的大象已经离我远去，在我再也无法触及的地方看着我。我已经浪费了8年的时间，在这8年的时间里，是我主动离我的大象而去。

手枪回来后，子弹跟我说："你能出去下吗？我有话和手枪说。"

我听见手枪跟子弹说："以后，就让我来照顾你吧？"

半天之后，子弹说："可是，你爸爸杀了我爸爸。"

从门上方的窗口看进去，我看到子弹把脖子上的子弹拿下来交给手枪。"你爸爸杀死我爸爸后，他把手枪给了我，可是我没要，我只拿走了里面的这颗子弹。我以为，最大的安全，就是让手枪和子弹分离，没有瓜葛。但是我知道，现在我必须把它还给你，它是你的。手枪，以后我再也不是子弹了，我们之间，没有任何的联系，让我们彼此，都好好过属于自己的生活。"

我的手里有一只银制的大象，我把它挂在我的脖子上。

在我走出很远之后。

后面传来一声枪响。转身的时候，我看到了子弹惊恐的表情。

启　事

我到底在哪里。

我应该在哪里。

1

回到那条路上去。回到关于最初的开始。

那条路很安静，路的两边有很多花和树，紫荆花、三角梅、木棉树……一年四季都有灿烂的花朵。

下午两点到五点，我在那条路上的一家文化用品店做钟点工。店不大，来往的人也不多。旁边是个书店，门口前方有个公共汽车停靠站，5分钟就有一部公共汽车靠站，上车下车。停靠站旁有一个黄色的垃圾筒，旁边长年累月蹲着一个疯子，披头散发，衣不蔽体。他总是笑着。静的事物总比动的来得印象深刻。

这附近有个大学，也有一个附中，基本是学生行走在这条路上。偶尔也有一些乞丐，一辆巡逻的警车。文化用品店经营一些学习用具，也帮人家打印和复印。生意不好不坏。日子重复，无聊而枯燥。

只是有一段时间，附近警察局的复印机坏了，偶尔会来复印一些材料和通缉告示或者寻人启事，还有不少的寻狗启事。最近，好像有很多狗集体失踪，听说是因为狗影响到了人类的正常生活和人身安全。

　　我对那些告示和启事上的资料很感兴趣：模糊的照片、姓名、性别、身高、体重、特征、身份证号码、穿着、所犯罪行或者离家出走的原因及时间等。有的还附有一些职业描述。

　　我看着复印机里的激光扫描过后，复印纸一张张从机器的肚子里吐出来，像是一个故事被重复地讲述着。

　　有时候也会有一些很奇怪的想法，比如，这个失踪的人和上次那个杀人犯有没有什么联系；她离家出走是不是为了寻找另一个离家出走的人；同一个人的职业描述是不是可以随意更改。他或者她可以是老师、学生、房地产商、流浪汉、妓女、嫖客……

　　因为职业的可变性，他们身上可衍生出来的故事有了更多的意外。而我的想象空间也一下扩展到了无限。

　　如同进入一个虚幻的世界，看到无数完全一样的人。司机、乘客、爸爸、儿子、上司、下属……

　　两个长得一样的人在打架，两个长得一样的人在互相恭维，两个长得一样的人，一个是原告，一个是被告……

　　不过很快，警察局的复印机又能正常运转了。因此，关于那些被寻找的人的想象也只停留在他们或者罹患有梦游症以及异装癖上了。

　　瞳孔慢慢回缩。我看到的依然是那些上车下车的人，只有疯子是长年累月地蹲在垃圾筒旁边。

　　后来我想，之所以会有这些想象，是因为我潜意识里厌恶这类重复的生活。

　　一切回归单调。在后来的一段时间里，我甚至怀疑警察局的复印机坏掉也是出于我在工作时的恍惚而产生的想象。

　　等到临近考试的时候，这里的生意突然变得特别好，因为很多人会来复印考试的材料，或者弄一些压缩的版本，以便作弊。

反正，这里会提供一切能做到的便利。

那个时候，我就像一个机器人一样站在复印机的旁边，重复地复印着那些学习材料。

重复的动作，重复的语言。

什么都可以复制。

2

我见过这个女孩。

她经常带着一只小狗在这条小路上散步。小狗并不安分，但是她也从不牵住它，任由它调皮。当然，小狗只是偶尔会去追逐那些落在路边的小鸟，一些飘落的花朵或者树叶。它会跑得远远的，然后又折回女孩的身边撒娇。

女孩每天会在书店旁边的报刊亭买一份报纸，有时候会把零钱给刚好路过的乞丐，偶尔也会去面包店买一个面包给垃圾筒旁边的那个疯子。

女孩的耳朵里总是塞着耳麦。一个浅蓝色发箍把长头发夹在耳朵后面，大多时候是运动休闲打扮，有时候也会穿短裙、配小高跟和黑色到膝盖处的网袜。从黄昏的车站后慢慢地走过，眼睛微微眯起来，长长的眼睫毛让她的眼睛显得特别清澈。她有一些小习惯，比如右手的手指会靠在大腿边侧轻轻地打着节拍，左手会轻轻去摸下自己左边的耳垂和上面那个银色的小熊形状的耳钉……是的，我喜欢她，她符合我内心里对女孩子的期待。

安静。会享受孤独。开心起来没心没肺。忧郁起来一个人看书走路听歌唱歌。会对着某个小东西发一天的呆。就是这些。

其实，在我还没有到这个小店做钟点工的时候我就见过这个女孩，那时候她也没有这只小狗。

我是在附近那个大学的食堂里遇见她的。

那时候她就站在我的前面，和自己的闺密轻声说着话，轻声笑。

后来，她们好像说到了一些彼此的隐秘心事，她假装要打，然后两个都忍不住又笑了起来。可能是感觉到周围的人都在看她们，互相吐了吐舌头，有点不好意思地安静下来，偷偷地看了一下四周。

刚好和我的眼神相对，她似乎停了一下，但是很快地转回头去。

我看到了她所有的幸福。

3

周末的时候我习惯到这个书店看书。

她也经常来。有时候就站在我的旁边，有一次甚至和我去拿同一本书，手指碰到，都不好意思地笑笑，又各自低头去看自己要看的书。

书店里喜欢很小声地放着小红莓的歌，一如她身上散发出来的气息。

手机震动的时候，她就会放下书，推开那扇木框玻璃门走出去。

我站在橱窗前，手里拿着书，看到她站在车站上，看着来路。有一辆公共汽车到站，从后门走下一些人。其中有一个男孩长得清秀，腋下夹着一个大大的黑色单肩包，走到她身边拉过她的手，两个人看着对方，说笑着从橱窗前走了过去。

他们喜欢在墙角下走，那里有一些斑驳的光影和灿烂的花朵。他很喜欢用手机给她拍照，她很喜欢笑。

走到这条路的尽头，左拐，过斑马线就到了这个城市有名的学生街，就在大学的旁边。那里面有很多和他们一样的学生情侣，手牵着手，逛逛各种小店，喝奶茶吃烧烤或者其他的一些小吃。偶尔，还会拍一拍大头贴。做出很多的表情，快乐的、亲昵的、调皮的、野蛮的……

都是恋爱里最能看得见的。

在学生街的一个角落，有一家游戏机店，他们会去那里玩。我还跟他 PK 过街机。她站在他的身后给他加油。

我总是差一点点赢他。其实，他打得并不是很好。他赢了我的时候她就会很开心，互相击掌庆祝。

等我起身不再和他 PK 的时候，她就会坐下来，他在她的身后教她玩。有时候她会吓得尖叫，乱摇手杆，乱拍按钮，然后又开心得哈哈大笑。他总是很自然地低下头去亲她的脸，她已经习惯了那种温柔。

从学生街逛出来后，他们就一起在学校里散步，坐在台阶上看人家打球，也会在树荫下偷偷地接吻。

有时候在她的宿舍楼下一起打羽毛球。她的羽毛球打得不错，跑起来跳起来像是只小兔子，笑容灿烂，脸颊红润。这是让她开心的运动。

去附近的麦当劳坐到很晚，最后她就送他去车站搭最后的一班公共汽车回去。

她朝着离站的车摇摇手，自己一个人在路灯里哼着歌慢慢走回宿舍。

有些周末，她会坐着公共汽车去终点站的另一个大学看她的男朋友，看他踢球，帮他看管包包，给他递毛巾和水。她会用手挡在嘴边替他喝彩加油，也会绷紧神经然后兴奋地大叫或者惋惜地跺脚叹气，看到他被人铲倒在地就紧张得马上站起来，一脸关切的表情。

4

她开始在这条路上遛狗的时候，我已经在这个小店里打工了。

我看到他把小狗从自己的那个黑色单肩包里抱出来给她，她惊喜得不得了，一路抱着那只小狗跟在他的身边走回学校去。

此后，那只小狗就成了她在这条路上形影不离的小伙伴。当然，每到周末的时候还有他。一对年轻的恋人带着一只渐渐长大的小狗在黄昏的树影婆娑里有说有笑地走着。这是我常见到的情景。

所以，当她独自一人来到小店打印并且复印寻狗启事时，我马上放下正在复印的考试复习材料，帮她弄好这些启事。

复印寻狗启事实在要比复印那些学习材料要有意义得多。

我帮她复印完那份启事刚好下班。我跟她说，"我陪你一起去张贴这些启事吧，以前我经常看见你带着这只小狗在附近散步，狗很可爱"。

她说，"谢谢，我记得我也在哪里见过你"。

"莎拉，不错的名字。"我说。

"嗯，是他起的名字。"她说，"我之前的男朋友。"

我不知道该再说些什么，只是走在她的旁边帮她拿着那些启事，先是贴在公共汽车站的广告栏，然后是路边的树干、围墙和电线杆。

然后是她的学校。我记得这些地方都曾留下过他们的身影。

她比较沉默，或者可以说没有什么说话的心情。她粘贴每一张启事的时候都很认真，先细细地刷一遍白米胶，然后用手捏住启事的两个角，轻轻地粘在宣传栏上，一只手扶住，一只手慢慢往下抚平。做完这些，她退后看了看，然后就和我一起走向下一个宣传栏。

"你有没有问过你的男朋友，或许，小狗跑到他那边去了。"我忍不住问。

"不会的。"她说，似乎在思考什么，"其实，你应该知道他。他在半个月前给他的老师下毒，差点毒死了他，然后就失踪了。"

"最近这段新闻上了当地的报纸新闻。新闻里还说，他喜欢上自己的辅导员，被她拒绝后，就把恨转移到她的男朋友，也就是他的一个专业课程的老师身上。最近，大学生的心理健康问题又成了最热门的讨论话题。"

可能是我的沉默让她觉得自己得说些什么。

"其实，我知道不是这样的，他不是那样的人。他一直有和我说过，那个老师一直和他作对，可能是因为他的某些言语和行为与其他同学不同，并不言听计从。除了考试的时候那个老师经常让他挂科以外，甚至还说绝对不会让他拿到毕业证书。那个老师有点心理变态，喜欢折磨他们这一届的学生，他的很多同学都这么说。也有人说，是因为他们辅导员想跟那个老师分手的缘故。"

这个时候，我们已经走到了学校的后门。山坡，长满了芦苇。原来，秋天又到了。

她说，"他会不会就藏在这茫茫的芦苇里呢？"

她第一次看我。眼睛一如我想象中的清澈，只是因为芦苇的影子进入她的眼睛，看上去，有些缥缈，有些迷茫。仿佛她看的不是我，是她想念的那个人。

南方的黄昏特别安静，一切都是慢慢地沉寂下来的。有风吹过的时候，芦苇就轻轻地摇摆，一整片，就好像是荡漾的湖面。

"有些人注定要失去一些东西，有些人注定要寻找一些东西。"我说。

"那么，你寻找什么呢？"她说。

我看着面前的芦苇，还有芦苇后面茂密的树林。我说："寻找我的大象。"

她没问我为什么要寻找大象。或者，她根本就没有在和我说话，她只是在自言自语。就好比，她要寻找的不是小狗，其实只是希望有一天他能够看到启事，然后想起他们曾经在一起的日子。

或许是这样的。我想。因为她的心底是爱着他的。虽然她和我说，他是她的前男友。我从来没有看见她和别的男人在一起从我的小店门口走过。她只是一个人路过那个车站的时候，会停一停，然后继续往前走。

天色暗了。走到她的宿舍楼下的时候，我和她告别。

走了一段路后，我听到她好像在叫我，"喂……喂……"

我回过头去，她摇摇手说："今天谢谢你，改天请你吃饭。"

我笑了笑，也摇摇手。"好的，我下午的时候都在那个小店里，希望你早点找到你的小狗。"

我在那条路上的公寓里租了一套小房子，就在书店的后面。一路上我看到我们刚贴好的寻狗启事很快就被其他的一些小广告给覆盖了。只有车站里的那张还好好地贴在那里，因为那个疯子现在不躺在垃圾筒旁边，而是躺在那个广告栏下面。

疯子朝我咧开嘴巴笑了笑。我停了一下，走进旁边的面包屋给他买了一个面包。

5

我躺在床上，想到她和我说的一些话。

是我提出分手的。因为毕业后，我们都要回到各自的城市，我们都是独生子女，无法放弃自己的父母。彼此不能迁就，最后，我有点赌气地和他提出了分手，他就再也没联系过我。其实，我知道他的脾气，一直都这么固执。但是我又控制不住自己要和他提出分手。明明知道一旦说出来，就没有挽回的余地，明明知道不甘心。但是我还是忍不住提出来。他和我不同，我不说的话，他永远也不会提，即使以后我们回到各自的城市，他也不会和我提。我一直不知道，这样的结果，到底是谁在伤害谁。

我从床上爬起来，打开台灯，开始在抽屉里翻东西，我一直会把在那个小店里复印的告示和启事多复印一份带回来。

我终于看到那张。通缉告示下只有模糊的照片，那天刚好复印机没有墨了，下面的资料复印不出来。后来警察局的复印机好了，也没有再到我们小店来复印。

照片是他的大头贴，似乎是对着一个人在笑。但是实在看不清他的眼神了。

我拿出今天留下的一张寻狗启事，放在那张告示的上面。

我在想，男孩是从哪里弄来的狗送给女孩的呢？

如同我一直在想他们到底是怎么认识，从相知到相爱的。或者，怎么认识，并不重要吧。互相送了什么值得作为纪念的也并不重要。开始有千种，结局不外乎两种。谁也逃不掉。

晚上我做了一个梦。

梦见女孩来找我，我却不在这里了。她到处贴寻找我的启事。名字一栏是"未名"，寻找我的理由是要请我吃饭。

后来，我就拿着启事去找她了。

然后，我们坐在学校的食堂里吃饭、聊天。

那场景仿佛是过去了好多年一样，陈旧、失真。

她一反我印象里的沉默。

一直是她在说话。

我去书店看书，听着歌，想起一个曾经站在我身边的男孩，心里觉得充满着青春的气息和淡淡的忧伤，一些似曾相识的人物与场面被深刻地忆起。还有那个车站，不过城市形象工程改造，已经换了新的公共汽车，不同的结构，找不到当年习惯坐的位置。有些记忆好像也随风飘散了，一些故事一些景致都渐渐忘怀，只是有一些人会在发呆的时候被深刻地记起，多少觉得有些恍惚吧。一些故事和人还历历在目，却转眼就物是人非。我突然想，那时候年轻，总是不觉得感伤，最多拥有的只是一些小忧愁。后来渐渐要开始去面对成长带来的选择，就开始体会到伤感的情绪在滋长。我又想，是不是渐渐地，时光流逝，遇见的人多了，经历过的故事多了，伤感也就会消失掉，取而代之的是一种麻木的慵懒或者说是无动于衷了。

那时候，也就不会再去寻找了吧。

最后她说，"我没有找到我的小狗。你有没有找到你的大象？"

我似乎是回答了。但是梦境总是不能被完全地记住。

6

直到我决定辞去那家小店工作的时候，女孩再也没有来找我。

那天我在小店后面的仓库里发现了很多旧日历。我拿出来很多本。

从我出生的那天到现在，我把这些日历一张一张撕下来，然后在背面复印上"寻找大象"四个字。

没有其他任何的资料和图片。

我把这些启事贴满了整条路的招贴栏以及那个学校里的宣传栏。我甚至还坐公共汽车去贴在终点站那个大学里的宣传栏上。

我在那里发现了一张寻人启事。

照片上那个女孩的眼睛很清澈，里面有芦苇的影子，耳朵上有银色的小熊形状的耳钉。

我记得复印这些寻人启事是在一个星期前，刚好警察局的复印机又坏了，就送到我们的小店来。我记下了启事上所有的资料，想起那张男孩子的照片，进入了自己的想象空间。

姓名、性别、出生年月、身高、体重、身份证号码。

失踪时穿白色 T 恤，黑色牛仔裤，红色帆布鞋，戴着一个浅蓝色发箍。

在读学生。

定给酬谢。

那些天里，这些启事贴了很多地方，就覆盖在那些寻狗启事之上。我看到疯子歪着头对贴在车站旁边的那张寻人启事看了半天。然后他就离开了那个车站，再也没有回来。

这一段时间，女孩的突然失踪又成了最热门的话题，也有很多的版本，说得最多的是，她和相爱的人私奔了。当代大学生的就业、爱情、生活压力以及家庭概念一度成了谈论的焦点。

我坐着公共汽车停靠在文化用品店门口那个车站的时候，有个女孩从旁边的书店里走出来。我听到里面正在放着的歌。

车继续开了很久以后，我看到窗外，那个疯子怀里抱着一只狗，傻傻地笑，慢慢地走着。